令嬢娼婦と仮面貴族

登場人物紹介
アレスティス・ギレンギース
メリルリースの兄の学友。
侯爵家の次男で
頭が良く、腕も立つ。
5年にわたる魔物討伐を終え、
重傷を負って帰還する。
メリルリース・サリヴァン
自分の容姿に昔から
コンプレックスを抱える子爵令嬢。
幼馴染のアレスティスを長年の間
一途に思い続けてきた。
普段はおとなしく、のんびりしているが
いざとなると
思い切った行動を取る一面も。

ロイド・サリヴァン
メリルリースの父親で
子爵の爵位をもつ。
愛情深いが、
娘のことには少し鈍感。
イアナ
メリルリースの従姉。
常に男性に称賛されることを好む。
アレスティスと結婚後、
不慮の事故で命を落とす。
ルシンダ・サリヴァン
メリルリースの母親で
よき理解者。
子供の小さな変化を
見逃さない
鋭い観察眼をもつ。
クロエ
メリルリースの姉の乳母の娘。
しっかり者で
メリルリースの相談相手。
ルードヴィヒ・サリヴァン
メリルリースの兄。
幼い頃は妹をからかうことも多かったが、
実は深く愛している。
アーチー
ギレンギース家の執事。
小さい頃からアレスティスを
可愛がり、面倒をみている。

プロローグ

夜でも鎧戸《よろいど》がきっちりと閉められた明かりのない部屋に、私は蝋燭《ろうそく》一本の燭台《しょくだい》を掲げて入っていった。

暗闇に目が慣れるまで扉の側に立ち尽くし、ようやくぼんやりと部屋の中にある家具の輪郭が浮かんでくる。

「こちらへ来い」

部屋の中央から低い男の声が聞こえて振り向くと、寝台に腰掛けている人物の影が見えた。

燭台《しょくだい》で足元を照らしながらそちらへ歩いて行く。

「そこで止まれ」

再び男が言い、ぴたりと立ち止まる。

「そこに燭台《しょくだい》を置け」

男が顔を向けた方向に小さな丸テーブルが見え、指示通り、手に持っていた燭台《しょくだい》を置いた。

「名は？」

「……クロエ」

名を告げるとしばらく沈黙が流れた。

「こちらへ来て、着ているものをすべて脱げ」

がっしりとした男のシルエットが見えた。男は腕を私に向けて差しだし手招きする。

蝋燭《ろうそく》の心許ない灯りは、男の濃く長い髪が肩に無造作にかかり、白い部屋着の合わせがはだけている様子をぼんやりと照らし出す。そこからいくつもの傷が見える。異質なのは男の風貌。顔の上半分が覆面に覆われ、高い鼻梁《びりょう》と意思の強そうな口元だけが見えた。

一瞬息を吸い込みたじろいだのを男は敏感に察した。

「クロエ、どうした？　何を怖じ気づく。そのために来たのだろう」

男の声からは苛立ちが窺《うかが》える。

「わかっているわ……せっかちなお客さんね」

少し低音のかすれぎみの声で答える。思ったほど震えていなくてほっとした。

「無駄な会話や前戯を期待するなら他を当たれ。お前は貰った金に見合うことだけしていればいい」

冷たい言葉が浴びせられる。優しく迎えられるとは思っていなかったが、心が挫《くじ》けそうになる。

「それとも私の風貌が恐ろしいか？」

少し弱々しい声音になる。威勢よく振る舞っているが、拒絶されることを恐れている感じだ。

彼の背中の向こうにある寝台に目をやる。

「話は……聞いていました」

「金はすでに支払った。相場より遥かに多いはずだ。払った分はきちんと約束を果たしてもらおう」

「わかっています。精一杯ご奉仕させていただきます」

私は意を決して着ていた衣服から下着まですべてを脱いだ。

首の辺りで一つに結んでいた茶色の髪も解く。

ふわりとねこっ毛の柔らかい髪が肩を滑り、胸を覆うように垂れた。

戸惑いながらも、目の前の寝台に腰掛けてこちらを見つめる覆面の男を見返した。

彼の瞳に私の体はどう見えているのだろう。

二十歳になり、少しは女性としての魅力が備わっているだろうか。

ありがたいことに、腰まわりは昔より細くなったが、胸の方は豊かなままだ。

多くの男性が、女性のその部分の大きさと柔らかさに価値を置いていることは知っている。

この人も、この体を見て少しは喜んでくれているだろうか。

彼は、受け入れてくれるだろうか。

ここで躊躇《ためら》ってはこれまでの苦労が水の泡だ。ここへたどり着くために色々なことをしてきた。

もう、後には引けない。

私は今、かつて憧れ、思慕した男の目の前にいて、娼婦として抱かれようとしている。

第一章　暗闇の中の再会

「もっと近くへ」

ほとんど真っ暗闇に近い部屋を裸になって男の方へ歩く。差し出した男の手に体が軽く当たると、その両手が迷わず真っ直ぐに豊かな胸を掴んだ。

「あ……」

「ふふ、噂どおりになかなか豊かだ」

男が私の胸に触れ、その感触に興奮しているのが伝わってきた。

自分の体であってもここまではっきりと触れたことはない。

節が硬くなった指が柔らかい乳房に食い込む。

両手で乳房を力強く揉まれ、引きちぎられそうだと思っていると、男の手が胸を離れて背中に回り、自分に引き寄せる。その瞬間、男の湿り気を帯びた口が片側の乳房に吸い付いてきた。

「あん……」

熱くざらついた男の舌が乳輪の周りを舐め回し、舌先が中心の蕾《つぼみ》を突いて押し潰す。

「んん……あん」

ベロベロと何周も乳首の周りを舌が這いずり回り、もう片方も同じように舐め回されると、ぞくぞくとした快感が背中を走り抜けた。

「ひゃっ！　ああ……」

舐め回されているうちに乳首がぴんと立ち上がってきて、そこに歯があてられると、またもや悲鳴に似た声が漏れた。

こんな感覚は初めてだった。

自分の体なのに制御できない。こんな快感は知らない。

どこをどうすれば反応するのか、自分でさえ知らなかった体の反応を男の手と舌が引き出す。

みんなこんなことをしているのか。誰がやってもこうなるのか。

このままどこへ導かれていくのだろう。

まるで海図も持たず、羅針盤もないまま、暗い海に船出するようだ。

頼れるのは舵を取る彼の手腕のみ。この人だからこそ、すべてを信じて身を委ねることができる。

本当の意味での初めてをこの人の腕の中で迎えるという喜びを感じ、私は今、未知の領域へ踏み出そうとしている。

「ほんの短時間弄《いじ》っただけでもう立ったのか。こっちはどうだ？」

すっと男の手が胸からお腹、お臍《へそ》の脇を通り、足の付け根に伸び、その間にある秘部にあてられた。

腰が引けそうになるのを何とか堪えた。

初めてなら、そんな場所に触れられることに戸惑いや恐れを抱くものだ。

でも、娼婦ならそこに触れられることを躊躇《ちゅうちょ》してはいられない。

「ああん……はあ」

「毛を剃っているのか……さすがだな」

男のごつごつとした指が割れ目に沿って進み、第一間接で指を曲げると、膣口にあてられた。くちゅり、と小さく水音がする。

指の感触と耳から聞こえる卑猥な音が、私の感覚を麻痺させていく。

「もう濡れている」

文句のようだが、暗闇で響く声に苛立ちは含まれていない。

一体これはどこから湧いてくるのだろう。初めてのことばかりで、男が与える快感を拾うだけで精いっぱいだ。

これくらいで翻弄されているようでは、相手に不審に思われてしまう。

「あああ……」

「思ったより狭いな……経験が少ないのか……まさか初めてではないだろう」

指を差し入れた先が意外に狭くて指一本がやっとの状態に、男がいぶかしむ。

不安が的中し、私の拙《つたな》い反応と一度も男性の陰茎を受け入れたことがないそこの狭さに、男から疑問が出た。

「ちが……処女……違うか、あああ」

否定しようとして言葉にならず、身もだえる。

三本目の指が入り、ぐるぐると中を掻き回されると、時々気持ちいいところが擦れて嬌声《きょうせい》が勝手に出てくる。

三本の指が出たり入ったりを繰り返すと、ますます水音が大きくなってくる。

「ああん……そんなに激しくしちゃ……んんんっ」

ずぼすぼと下の指が抜き差しされ、両胸も何度も交互に舐めて吸われる。親指で花芽《かが》を軽く押されるとぶるりと体が震えた。

「なんだ。もう軽くイったのか……商売女にしては早いな」

「……お客さんが……上手……」

舌先でぺろりと勃起した乳首を舐めて男が言うので、経験がないことを誤魔化すためにそう答える。これがイくというものなのか。頭の奥が痺れてうまく考えがまとまらない。

疑問を抱かせてはいけないのに、うまい言葉が見つからない。

「まあいい……」

男が商売女を選ぶ条件として提示したのは、口が堅くて彼のどんな要求にも拒まず応えること。健康なこと。そして彼の風貌に怯《ひる》まないこと。

「そろそろ、いいな」

男が指を引き抜き、自分の穿いていた部屋着の下を下ろすと、反り立った彼のものが飛び出した。蝋燭《ろうそく》だけの灯りの中、想像以上に大きい男の卑猥なそれを目にして、腰が引けそうになる。

腰を持って浮かせると、寝台の上に寝かされて足を大きく広げられた。

「久し振りだから、手加減できないぞ」

乱暴そうに言う。本当に乱暴なことをするなら黙ってすればいいのに、わざわざ断りを入れるところに彼の育ちの良さが窺える。

濡れた膣口に先端が当てられるだけでびくりとなる。男は先端で敏感なところを軽く擦ってから、一気に突き刺した。

肌があたり、根元まで男のものを受け入れたとわかった。

「くっ……きついな」

「んん……」

自分が狭いのか彼が大きいのか、それでも彼の形に合わせて道が開かれて、さらに押し入ってくる。

何という圧迫感。私の中いっぱいに埋まった男の陰茎の熱さに、中が溶けそうだ。

他の人と比べることはできないが、明らかに男のそれは大きい。

「きついが……なかなか気持ちがいい。何人相手にしたか知らないが、名器だという売りは本当らしいな」

彼の声が耳に響く。

不審に思いながらも、私が娼婦であるという言葉をまだ信じてくれているようだ。

込み上げてくる涙を、私は必死で堪えた。

涙を見せては彼に怪しまれてしまう。

思いもしなかった彼との交わり。

欲しくてたまらなかった、彼との時間。

本当の自分のままでは与えられることのないもの。

男は分身が全部入りきると同時に腰を動かし出す。初めはゆっくりと抜き差しし、次第にスピードを速めていく。

「ああ……あん……はあ……イ、イく……」

ぎゅっとシーツを掴み、男の腰に絡めた脚に力が入る。溢れ出る液が摩擦で擦れて軽く泡立つ。

男が最奥まで突き上げた瞬間、絶頂が訪れ、びくびくと痙攣《けいれん》する。ぎゅうと絞り上げるように膣を締め付けると、熱いものが奥に流れ込むのがわかった。そのまま最後の一滴まで絞り出すように何度も締め付けた。

「ふう……」

男がずるりと自身を引き抜き、私を上から見下ろす。

目まで覆い尽くした仮面の下で、何を思っているのだろう。

「悪くなかった。この部屋は朝まで好きに使え。また明日、同じ時間に来なさい」

下ろしたズボンを上げて、男は部屋から出ていった。

今さっきの行為を思わせる残り香と、自分の中からどくどくと溢れる男の精が、たった今行ったことが夢でなかったと証明している。

そこには愛などひとかけらもない。ただ、性欲のはけ口として扱われただけ。

「アレスティス……」

すでにここにはいない、今さっき自分を腕に抱いた男の名を呼ぶ。

あの人に……かつて憧れたあの人に抱かれた。たとえ彼に出会った少女ではなく、娼婦としてのメリルリースだったとしても。

彼は仮面を被っていたが、ある意味では私も仮面を被っているようなものだ。

娼婦のクロエという偽りの身分で、彼の傍に来た。

かつての快活さはどこにもなく、どこかよそよそしい彼の態度。彼が変わったのは、死と隣り合わせの過酷な戦いとそこで負った後遺症。そして愛する者の死。

体を拭いて脱いだ服を着直す。そして言われたとおり、その部屋で一夜を明かした。

娼婦に扮したのは自分だが、本当にことを済ませたら彼はさっさと立ち去ってしまった。体は綺麗になったが、その中心はまだ彼を受け入れた感触が残っている。初めて受け入れた男の性器の生々しさに驚愕する。やはり本の中や人から聞いて得た知識より、経験が一番勉強になる。

ほんの少し前まで自分は処女だった。ここに娼婦として来るため、疑われないように性具を使って処女喪失した。その他のことは人から教わった。

名器だと彼は言ったが、彼がそう思ってくれたなら、嘘で塗りかためたこの状況で、唯一本当のことがあったことになる。

「あ、そうだ」

思い出して着ていたドレスのポケットからごそごそと小さな布袋を取り出した。

中から出てきたのは避妊と性病予防のための丸薬で、事後一時間以内に呑むように言われていた。長年の研究成果により、ようやく五十年ほど前に完成したこの薬は抜群の効果を発揮する。特に副作用はないが、呑むとものすごい睡魔に襲われる。

男が避妊する方法もあるが、彼はしていなかった。するかしないかは客に選ぶ権利がある。

暗くてよく見えなかったし、彼は全裸にはならなかったのでわからなかったが、体にはいくつもの傷があった。大きな魔獣の爪痕が胸の中心に斜めに走っていた。最後まで外さなかった仮面も、彼が負った怪我のせいだとわかっているので、少しも不自然に思わなかった。

彼を最後に見たのは今から五年前。当時私は十五歳。彼は二十一歳だった。その五年の歳月が私たちの姿を変化させた。

快活で溌剌《はつらつ》としていた彼は消え失せ、代わりに現れたのは冷徹で人を寄せ付けない空気を漂わせた孤独な人物だった。

「私もずいぶん変わってしまったものね」

ばれないように細工したせいでもあるが、彼が今の私を見て、私が誰か気付くことはないだろう。

思春期の私は今より背も低く肉付きも良かった。彼が魔獣討伐隊の一員になり、大々的な壮行式で見送ったのはつい昨日のことのようでもあり、遥か昔のことのようにも思える。

討伐隊の一員として出征することが決まり、彼は私の従姉《いとこ》のイアナと挙式を挙げた。華やかで誰が見ても美しいイアナは多くの男性たちから信奉を集めていたが、彼もその一人だと知って私の初恋は終わった。

金色の巻き毛にアイスブルーの瞳。誰もが彼女を美の女神と崇め、彼女もそんな男性たちからの賛辞を喜んで受け入れていた。

アレスティスは当時から同年代の若者たちの中でも際立って優秀で、黒髪に濃い緑の瞳の美しい顔立ちは女性に人気があった。

兄の友人でなければ、私は彼に見向きもされなかっただろう。

互いに美男美女で侯爵家次男のアレスティスと伯爵家長女のイアナの結婚は、家格的にも釣り合いの取れた理想の結婚だと言われた。

イアナと彼の結婚式では、親戚だからという理由で無理やり花嫁付添人にされた。すらりとしたイアナの友人と姉たちに交じり、くすんだ茶色い髪とハシバミ色の瞳といった華やかな色味を持たない私は浮きまくっていた。

それでも慣例で花嫁は花婿付添人と、花婿は花嫁付添人と踊らなければならなかった。花嫁と踊る前に、嫌そうに私と踊る花婿付添人の表情に私は傷付き、それがイアナの私に対する嫌がらせだとわかっていたのでなおさら辛かった。

一方花婿のアレスティスは私と踊る時に嫌な顔一つせず、すっかり落ち込んでいた私に「今日はありがとう。君も素敵な旦那さまがみつかるといいね」と言った。

私はあなたの花嫁になりたかった。心の中でそう叫んだ。

彼の目には私が妹にしか見えていないのはわかっている。兄しかいない彼は私の兄、ルードヴィヒの学友で、学校が休みになるとよく私の家に遊びに来ていた。

イアナと従姉妹《いとこ》とはいえ、大して裕福でもない子爵家の末っ子で、見目もよろしくない私にどんな縁談が舞い込むのかわからなかったが、多分アレスティスとイアナのような恋愛結婚はできないだろう。

背も高く立派な貴公子のアレスティスに、私は初めて紹介された時から心を奪われていた。決して手の届かない、光に恋慕する虫のように彼に惹かれた。

彼がイアナとの短い蜜月を終えて出征するのを物陰から見送ったのをよく覚えている。

堂々と妻として日向で彼を見送るイアナが羨ましかった。彼に抱き締められて大衆の面前で彼からのキスを受けるイアナ。私は心の中で彼にどんな状態でもいい、生きて帰ってきて、と祈った。

私の祈り……呪いかもしれない思いが通じ、彼らは見事魔獣の大氾濫を平定し帰還した。

多くの戦士の命が失われ、彼の上官たちもたくさん亡くなった一方で、彼は数々の功績を上げ、帰還する時には将軍にまで登り詰めていた。

しかし最後の一戦で、彼は魔獣の牙と爪でかなりの痛手を負い、魔獣の吐く毒の吐息により目に一生残る後遺症を受けた。

聞くところによると、彼の目は僅《わず》かな光を受けても激痛が走り、暗闇でしか身に着けた仮面を取ることができないらしい。

満身創痍《まんしんそうい》で帰還した彼を、愛する妻イアナが出迎えることはなかった。彼女は彼が出征した後、事故で命を落としたのだ。彼が帰還する直前のことで、前線にいる彼にそのことは伝わっていなかった。

そして彼は将軍の職を辞し、領地の邸に引きこもってしまった。


扉を叩く音で目が覚めて、一瞬自分がどこにいるのかわからなかった。

鎧戸《よろいど》が閉められた部屋は変わらず暗く、今が朝なのか夜なのかさえもわからない。

いつの間にか眠りにつき、彼とのことを夢見ていたようだ。

私が返事をすると、夕べ私をこの部屋まで案内してくれた年かさのメイドと執事の男性が入ってきた。

メイドはトレイを提げており、そこにはパンと湯気が立ったスープが載っていた。

「裏口に馬車を用意しています。食べ終わったら帰りなさい。若様はあなたをお気に召したようだ。また今夜同じ時間に馬車を寄越します」

彼がまた今晩も自分を呼んでくれたことに喜ぶ。夕べ、ここを出ていく際に言っていたことは本当だったようだ。

メイドはトレイを側のテーブルに置くとさっと立ち去る。

「メリルリース様……本当にこれでよろしいのですか」

彼女が出ていき、執事と二人になると彼の口調が変わった。彼は低姿勢になって声をかけてきた。

「アーチー……」

彼はここでクロエこと私、メリルリース・サリヴァンの素性を知る唯一の人物だった。アーチー――

と私の実家に仕える執事のドリスが昔馴染みで、今回私がここに来ることになったのも、彼がアレスティスのことについてドリスに相談を持ちかけたのが発端だった。

「もう後戻りはできないわ。このまま彼が私に飽きるまで見守っていて。あなたに共犯のようなことをさせてごめんなさい」

「私は別に……若様が私ども以外に興味を持たれるなら……しかし、お嬢様がそこまで犠牲を払う必要はないのではありませんか。あれほど美しいお声だったのに」

「それは、そうね。私の唯一誇れるところだったもの」

すべてにおいてイアナに劣っていた……でも、イアナだけでなく他のどの令嬢にも負けない唯一の私の美点が、歌声だった。教会の聖歌隊でソロを任され、式典でももてはやされていた私の歌声。

それゆえに素性がばれてしまうその声を私は薬品で潰した。喉を焼き尽くすような痛みにひと晩苦しみ、今の掠れた声になった。

「お嬢様の美徳はそれだけではありません。心根のお優しさと聡明さ、他のどの令嬢にもひけをとりません」

「ありがとう。でもそれは、多くの男性が恋愛相手に求めるものではないわ」

知識を得ても小賢しいと言われ、優しさも夜会では披露することができない。反対に、イアナは私が持っていないものをすべて持っていた。

「それに、私はもう祝福の歌を歌う気持ちにはなれない。大勢の幸せより、たった一人の人を幸せにできればそれでいいの」

「お嬢様……それではお嬢様の幸せはどこにあるのですか」

「あの人が立ち直ってくれたら、それが私の幸せ……」

彼がもう一度貴族社会に戻ったら、私はもう必要なくなる。その時には潔《いさぎよ》く彼の前から消えて、どこか修道院に入るつもりだった。しかしそのことはまだ誰にも言っていない。周りから引き留められるだけだとわかっているから。

「ところで彼の目は治るのよね？」

「はい。今、帝国の魔導師と治療術士が総出で、討伐した魔獣の遺体から毒素の中和剤を精製しているところだと。毒素さえ中和できればあとは治療術で、完全とは言えないまでも快復する可能性はあると伺っています」

「それを聞いて安心したわ」

「ただ、開発にはまだ少しかかるそうです」

そのことは彼には伝えられていない。薬はまだ完成していないし、視力もどこまで戻るか不透明な状況で期待させられないからだ。私はそれまでの間、彼に少しでも寄り添うつもりだった。

「アーチーがドリスに相談してくれていなければ、私はこうして彼に近づくこともできなかった。どんな形でも、彼が明日も生きていようと思ってくれたら、それでいいの」

アーチーががくりとその場に膝を折り、額を床に擦り付けた。

「アーチー！　どうしたの？」

「お嬢様……お嬢様がここに通う間、私ができることは何でもいたします。どうか若様のこと、よろしくお願いいたします」

「やだ、アーチーやめて、私がやりたくてやっていることだから……あなたは彼に気付かれないよう、協力してくれればいいのよ」

「では、せめて生活の面倒はお任せください。必要な物は何でもおっしゃってください」

「住むところを手配してくれただけで十分です。お願いですから私に頭を下げるようなことはしないでください。あの、そろそろ帰ります。クロエが心配していると思いますので」

懇願するとアーチーは渋々ながら立ち上がった。

それから私は彼が手配した馬車に乗り、今までいたギレンギース侯爵邸から村の外れにある家へと帰った。

★　☆　★

私、アレスティス・ギレンギースが眠りから覚めた時、すでに魔獣討伐は終焉を迎えていた。

討伐の連合軍はランギルスの森の深淵にまで突き進み、魔獣が生まれる源を破壊するまであと少しというところまで来ていた。

長く続く討伐の遠征で、多くの仲間が傷つき倒れ、命を失った。

当初、討伐隊の一個中隊の隊長だった自分が将軍にまで昇進したのは、功績を上げたこともあるが、上にいた者が次々と倒れ、知らぬ間にその地位まで押し上げられていたからだ。

我が国の総大将であるビッテルバーク辺境伯も、後方に身を置いて報告を待つことが多かったが、その時は最終局面に差し掛かっているという確信の元に、ともに最前線に進軍していた。

その時、それは起こった。

ガビラという蛇型の魔物を部隊が追い詰めた。追い詰められたガビラは最後の力を振り絞り、辺境伯に襲い掛かった。それを庇おうとして前に出た自分に、ガビラの爪と吐息が襲った。

爪が身を切り裂き、吐息が目に浴びせられた。

自分は死ぬのだと思い、覚悟を決めた。

意識が戻った時には、それから二か月が経っていた。

討伐は、自分が負傷して意識を失っているうちに終了し、部隊はすでに解散したらしい。

討伐隊が駐屯《ちゅうとん》していた村から最も近い都市、フラフェリアの軍専用病院の病室で、そのことを聞いた。

目はガーゼと包帯でぐるぐる巻きにされて何も見えない。

腹部の傷は大きな痕が残ったものの、すでに塞《ふさ》がっていた。

そして、医師から突き付けられた言葉。

完全な失明は免れたものの、ガビラの吐息に含まれた毒により神経が傷つき、僅《わず》かな光でも過剰な反応をすると言われた。

医師は自分が動揺し、騒ぎ立てるのではと覚悟していたようだが、不思議と心は凪いでいた。

目の前で多くの仲間が命を失ったのを見てきた。

中には四肢が千切れたり、上半身や下半身を失ったりした遺体もあった。

それを見てきたためか、多少の不便や制限があっても自分は生きているのだと、取り乱しはしなかった。

「辺境伯閣下は無事か？」

自分の体の状態について説明を受けた後、医師に訊ねた。

「はい。何度もこちらに足を運ばれ、容体をお聞きになっておられました。討伐の後処理のために今は首都に戻られておりますが、お目覚めになられたらすぐにお知らせするよう、申しつかっております」

それを聞いて安心した。

目覚めて一週間後、病院へ両親と兄が面会にやってきた。

無事とは言えないが、生きている息子を見て号泣していた。

「イアナは？」

当然来ているはずの妻がいないことに疑問を抱き、訊ねた。

派手好きで、常に異性からの称賛を糧としているような女性だった。自分以外の者に心を砕くような慈愛に溢れた聖女とはとても言い難いが、夫の窮地《きゅうち》に何を置いても駆けつけるくらいの優しさはあると思っていた。

「イアナは……イアナはね」

言い淀む母の声が震えている。父も兄も言葉に窮している。

それで何かが彼女の身に起こったのだと察した。

「どこか具合でも悪いのですか？」

目を包帯で覆われているため、家族の表情を見ることはできないが、明らかに動揺している様子に、ただ事でない雰囲気を感じ取る。

「正直に言ってください。気休めの言葉や嘘は聞きたくありません」

傷を負い、視覚に障害を持った時から、腫れ物に触るような周りからの空気に嫌気がさしていた。

毅然《きぜん》とした言い方に、両親は重い口を開いた。

「事故…」

しかもそれは自分が傷を負う少し前のことで、彼女の訃報は、自分がここに運び込まれるのと行き違いに届けられたようだ。

「亡くなる前、彼女は私とのことについて何か、言っておりませんでしたか？」

少し前、彼女に送った手紙のことを思い出す。

討伐もそろそろ終わり、何とか生きて帰れそうだとわかった時、夫婦の今後について自分の考えを書いて送った。

思えばあれが彼女に送った最後の手紙だった。

そうと分かっていたなら、もう少し言葉を選んで書いたものを。

自分勝手な言い分だったと思いながら、死別ということで夫婦生活に突然終止符が打たれた。

「いえ、特に何も……彼女はずっと実家にいて、我が家にはほとんど近寄りませんでしたし……」

「そうですか……事故」

ほぼ新婚生活もないまま、討伐に出征した自分との結婚は、彼女にとってどのようなものだったのだろう。

彼女に対して、自分は優しい言葉の一つもかけたことがあっただろうか。

死を覚悟して出征した討伐隊遠征。跡継ぎでない貴族の子弟にとって、参加は義務のようなものだ。

仲間たちが、同じく討伐に参加する何人かとともに華々しく壮行会を開いてくれた。

その日はなぜか酒の回りが早く、それほどの量を呑んでもいないのに泥酔してしまった。

目が覚めると、同じ寝台に裸のイアナが横たわっていた。

第二章　闇に浮かぶ灯火

馬車が家の前に着くと同時に玄関の扉が開いた。

「お帰りが遅いから心配していたんですよ」

「ごめんなさい……アーチーと話をしていたから」

中からクロエが飛び出してきて、馬車から降りた私に抱きついた。

馬車は私を降ろすと、すぐに来た道を戻っていった。

「さあ、お疲れでしょう、体を拭いて差し上げますからね。それからゆっくりお休みください」

クロエは私を労るように背中を押し、二人で家に入った。

彼に名前を訊かれ、咄嗟に彼女の名前を告げた。クロエは姉の乳母だったタリサの娘で、私が四歳になるまで我が家にいた。私にとってはもう一人の姉のような人だった。アレスティスが我が家に出入りするようになった頃にはタリサは亡くなっていた。父親とともに彼女は我が家からいなくなっていたので、彼は知らないはずだ。

アーチーが用意してくれた小さな二階建ての家は入るとすぐに台所兼食堂があり、奥にひと部屋がある。その部屋をクロエが使っていて、私は二階にある一室を使っていた。

「さあ、服を脱いで待っていてください」

彼女は私より七歳年上で、すでに未亡人だ。彼女の夫も魔獣討伐の一員として出征し、そして昨年亡くなった。二人の間には子どももいなかったので、彼女は夫の死後、再び私の実家、サリヴァン子爵家に戻ってきていた。

クロエとアーチー、そしてドリスの三人が私の協力者だった。

服を脱いで待っていると、クロエがお湯の入った桶を持って戻ってきた。

何も言わず彼女は首から肩、背中、胸からお腹と拭いてくれる。胸には彼が吸い上げた痕が点々と付いている。

「あ、そこは……」

彼女が足の間に手を伸ばすと思わずびくりとなった。

「痛みますか？」

「少し……」

「後でお薬を塗りますね」

男慣れしている風を装うため、痛みを堪えて彼を受け入れたけれど、男性との性交が初めての私に、彼のものはあまりに大きかった。

私が今回のことを考えついた時、ドリスもアーチーも反対した。でも、クロエだけは反対せず、協力してくれた。

夫を魔獣討伐で亡くした彼女は、大切な人を失う辛さを知っている。

アレスティスは運良く生きて帰ってきたが、いつまたどうなるかわからない。それならば後悔しないように、というのが彼女の考えだった。

もちろん、その先の私の人生にいい未来はないだろう。純潔が必ずしも花嫁の条件とは言えない平民と違い、貴族の令嬢は夫が初めてでなければならない。もっとも結婚後はその部分も緩くなり、互いの配偶者以外の相手と体の関係を持つ人も少なくない。

「あのね、彼……アレスティスは一度も笑わなかったの」

記憶にある彼の笑顔はお日さまのように私の心を照らした。今の彼は凍てついた氷のようだった。長きにわたって命のやり取りをしてきて、最後に大きな後遺症を伴う大怪我を負った。そして戻ってきたら妻は事故で亡くなっていた。彼が世を儚み、引きこもった気持ちもわかる。

彼をもう一度笑顔にする力が自分にあるとは思っていない。だが肉欲があるならば、生への執着が芽生え、また前向きに考えてくれるのではないか。

いつでも彼の捨てゴマになる覚悟はできている。

「それで……乱暴なことでもされましたか？」

「ううん……酷いことは何も……彼の弱味につけこんだようで申し訳ないけど、一生ないと思って諦めていたことだから」

「お嬢様はそれでいいのですか？　後悔しないようにとは言いましたけど、一生思いを伝えないつもりですか？」

「……彼はまず自分を取り戻すことが最優先。私のことは後でいいわ。偉そうなことを言っても、必ず彼を昔の彼に戻す自信もないし、方法もわからない。これが正しいのか、確証もないわ」

「お嬢様……」

体を拭き終わり、木綿でできた寝間着をすっぽりと頭から着せてから、クロエは私を抱き締めた。

「何があってもクロエは味方です。お嬢様が胸に秘めているあの方への思慕も、罪の意識も、全部わかっています。あの方に抱かれて、どうでしたか？　やはりお辛いですか？　もしお辛いなら、今から辞めても……」

「いいえ！　辞めない」

思わず反論していた。クロエが仕方ないなと笑うのを見て、ひっかかったと思った。

「その……嫌……ではなかったわ。暗くてほとんど彼の顔も姿も見えなかったけど……邸にこもって半年なのに、まだ体には筋肉があって……傷だらけだったけど、私の体に触れて彼が興奮して……好きな人に抱かれるってあんな気持ちになるのね」

開き直って思ったままを口にした。クロエに取り繕っても仕方がない。まだ彼の力強い腕と熱が体に残っている。もし夕べ一度だけで終わるなら、それでいいと思っていた。

でも一度では満足できない気持ちに自分でも驚いている。彼も同じ気持ちなのか、また今晩も来いと言ってくれた。

次こそは最後かもしれないが……

「お腹は空いていらっしゃいますか？　何かご用意しましょうか？」

「大丈夫。アーチーが軽食を出してくれたから」

「ですが、夕べも何も召し上がらなかったでしょう？」

討伐から傷だらけで帰ってきて、私とは顔を合わせる間もなく、アレスティスは領地へと引きこもった。

それから半年。初めて今の状態のアレスティスに会うことになった昨夜は、緊張して何も喉が通らなかった。

正確に言えば、彼の所へ行くと決意してから、緊張の連続でまともに食べていない。

お陰で少し痩せることができた。

クロエにはそれ以上痩せる必要はないと言われたが、腰回りが細くなった。

それでもアレスティスと結婚式を挙げた時のイアナの腰回りにはまだ遠く及ばない。

「では、いつでもお腹が空いたら食べられるように、何かお作りしておきますね」

「ありがとう、クロエ」

お礼を言うと彼女は黙って何でもないと首を振った。

「お疲れでしょう、時間になったら起こして差し上げますから、お休みになってください」

そう言って部屋の鎧戸《よろいど》を閉めて、クロエは部屋を出ていった。

鎧戸《よろいど》の隙間から微かに零れる日の光に、埃《ほこり》がきらきらと舞うのをぼんやりと眺める。

体は疲れているはずなのに、頭は冴えてすっきりしている。

昨夜のことは実は自分の願望で、まだ夢を見ているのではないだろうか。

初めて会った時、彼は十歳だった。少年らしさの中にすでに大人の雰囲気を醸し出していて、同じ年の兄が幼く見えたほどだ。

それから年を追うごとに背も伸び、声も変わり、少年の面影は消え、社交界デビューの頃にはすっかり青年へと変わっていった。

そんな彼の変化に気付いたのは私だけではない。

彼と年の近い令嬢たちはすっかりアレスティスに夢中になった。

年二回の長期休暇には必ず兄とともに我が家に顔を出してくれてはいたが、そのうちデートで忙しくなっていった。

それでも、会えばいつも優しい笑顔を向けてくれた。

――魔獣討伐隊が編成されるらしい。

ランギルスの森近くに領地を持つビッテルバーク辺境伯からそんな便りが届いたのは、彼が二十一歳。私が十五歳の頃。

サリヴァン子爵家を継ぐルードヴィヒ兄さまと違い、ギレンギース侯爵家の次男であるアレスティスは、貴族令息の務めとして討伐隊に徴兵された。

そして私にとっては最大の悪夢、イアナとアレスティスの婚約が発表された。

討伐にアレスティスが赴くということだけでも衝撃だったのに、まさに青天の霹靂《へきれき》。

花婿として祭壇に立つアレスティスは、胸が締め付けられるほどに素敵だった。

でも彼は私の花婿ではない。

それがどんなに悲しく苦しかったか。最後まで涙を見せることなくのり切った自分を褒めてやりたい。

夕べ私を抱いたアレスティスは、これまで私が知っているどの彼とも違っていた。

欲望をたぎらせた雄の彼を初めて知った。

いったい何人の女性があの腕に抱かれたのか。

包み込む大きな手。広く厚い胸板。温かく滑らかな肌には、触れただけで無数の傷があるとわかった。

誰にも触れさせたことのない秘所を彼の熱い陰茎が貫き、敏感な部分を擦った時の体中を突き抜ける快感は忘れない。

肌を合わせ、深い部分で繋がったからこそわかる。

彼の心には今でも誰かが住んでいる。

それが誰なのか、聞かなくてもわかる。

「心が遠いわ、アレスティス」

どんなに深く繋がっても、彼の心の奥にはたどり着けない。

私はうっすらと涙を浮かべながら、いつしか眠りについていた。


夕べと同じ部屋に通されると、昨日と同じように彼は待っていた。

言われる前に彼に近づき、手に持った燭台《しょくだい》を置いて服と下着を脱いだ。

「昨日と違って手際がいい」

「頭は悪くないの。それに時間を無駄にしたくないもの」

「賢明だな。私も無駄は嫌いだ。そういう賢さは嫌いではない」

「ありがとう。生意気だと思われなくてよかったわ」

彼が私の言動に好感を抱いてくれて嬉しく思えた。

すべて脱ぎ終えると蝋燭《ろうそく》を吹き消した。

「なぜ消す？　それではそちらは何も見えないだろう」

「私はそうですがあなたは違うでしょう。その仮面を外せば見えると聞いています」

「執事に聞いたか」

「ご主人様の目のことだもの、大事なこと。蝋燭《ろうそく》の僅《わず》かな灯りでも目に入ると大変だって……」

「そうだ……」

「だから灯りを消したの。私は見えなくても、あなたが見えているなら何も問題はないわ」

手を伸ばすと彼の体に当たった。そのまま間合いを詰めてもっと近づく。

ふっと彼が息を吐く音が聞こえ笑ったのがわかった。

「驚くな……もし腰が引けても逃げられないぞ」

「逃げるのは性に合わないの」

彼が立ち上がるのがわかった。怒った？　生意気な口をききすぎただろうか。

しかし布が擦れる音がして彼が服を脱いでいるのがわかった。夕べは服を着たままだったが、今夜は彼も裸になってくれるみたいだ。惜しむらくは私には何も見えないこと。

暗闇の中、じっと息を詰めて聞こえる物音と動く空気で彼がしていることを想像する。

やがて闇夜に二つの灯りが灯った。

空中に浮かんだその灯りが彼の目だと気付く。

彼がようやく仮面を外した。

あの愛情深かった深緑の瞳でなく、闇夜の猫の目のように彼の目が光っている。

「私の目について、どこまで知っている？」

瞳が私の頭から爪先まで眺め回しているのがわかる。私からは見えないが、彼にはよく見えているみたいだ。

「魔獣討伐で怪我を負ったと……」

「そうだ。ガビラの吐息を浴びた。そのせいで目の神経がやられ、僅《わず》かな光にも過敏に反応する。お陰で昼間は仮面が離せないが、夜目は利くようになった」

ガビラがどんな魔獣なのか見たことがない私に、姿は蛇に似ていると教えてくれた。その体液は毒そのもので、全身が硬い鱗《うろこ》で覆われているそうだ。

「今は？」

「くっきり見える。大きな胸も細い腰も、すらりと伸びた手足も……」

彼が手を伸ばし、腰に手を当てて寝台の上に私を横たえる。

「足を開け」

言われたとおり、膝裏を持って膝を胸まで持ち上げる。

彼の手が太ももの内側から中心に向かって滑っていく。そのまま中心の花弁を割り広げる。

暗闇で彼の目が光り、自分でも見たことのない部分をじっくりと見られていると思うと、それだけでじんわりと奥から勝手に愛液が滲み出て来た。

「見られるだけで感じているのか」

滲み出た液を彼が指で掬《すく》い、粘りを広げるように全体に塗りつけ、花芽《かが》をつまみ上げた。

「あ……ん」

腰が浮いて声が漏れる。ぐりぐりと指で擦ったり弾いたり、とんとん叩いたりと色々な刺激を加えられ、私はびくびくとその度に腰を揺らした。

「ひっ……あ……いや……」

ずぶりと膣口に指が入れられ、長い指が花芽《かが》の裏側部分を刺激すると、またもや腰が跳ねて一瞬でイってしまった。

「あ……はあ……あん……」

その後も彼は指をさらに増やしぬちゅっ、ぬちゅっと何度も出し入れを繰り返す。指先が縦横無尽に中で動き回り、膣壁を突き回された。

「気持ちいいか?」

「は……ああ……はあ……き、気持ち……いい……おかしくな……る」

アレスティスが自分でさえ触れたことのない場所に触れている。心を寄せている相手に自分のすべてをさらけ出し、彼が与える刺激に翻弄されていく。

彼が誰を思い何を考えているかわからないが、この瞬間、この上なく親密な時間を共有している事実がさらに私の快感を呼び起こしている。

愛液がお尻の方まで流れ、シーツを濡らしていく。汲めども汲めども涸れない泉のように後からどんどん溢れてくる。誰にでもこうなるのかわからないが、クロエに男女の睦事について教えてもらったとおりのことが、自分の体に起こっている。それがこんなに刺激的で気持ちのいいものだとは思わなかった。

「イっ……イっちゃうっ……あひ……あ……ん……」

彼が体を動かして顔を覗き込む。夜行性の獣のようなギラギラした目が視界に入り、彼の指先が気持ちよくなる箇所に当たるように自分から腰を動かす。

「あ、あ、あ……ああん」

乳房に熱い口が吸い付き、舌が乳首を押し潰した。ざらつく舌が敏感な先端に触れる。

反対側の乳首はくにくにと指で捏ねくり回され、上と下両方からの刺激に絶頂が押し寄せてきた。

びくびくと彼の指を引き込むように、中が痙攣《けいれん》する。

差し込まれていた指が引き抜かれ、代わりに彼の屹立《きつりつ》が擦り付けられた。

すぐに入れてもらえると思ったのに、彼は陰唇に擦り合わせるだけでなかなか入れてくれない。

「何が欲しい」

「いや……いじわる……しないで……ください……あなたの……早く……入れて」

自ら腰を持っていく。指では届かない奥に触れてほしい。

「これが欲しいのか？」

私の懇願に亀頭の部分が蜜口にめり込む。

「ああ……そう……それ……もっと……」

こくこくとうなずき、腰を浮かせ、自分から迎えに行く。

熱く硬い彼のものが膣壁を擦りながらわけ入ってくるだけで、絶頂に達した。

「く……相変わらず狭い……イくのはいいが、そんなに締め付けるな……」

そういう彼も中でまた少し大きくなったと感じる。

ようやくすべてが入り、こつんと先端が奥を突く。

「ひゃあ……あ……いい……気持ち……いい」

あまりの気持ちよさに無意識に彼を締め付ける。

彼の光る目が細められ、彼も我慢しているのがわかる。

ぐいっと片足が持ち上げられ、膝を彼の肩に乗せられると、さらに彼が奥を突いてきた。

「ひあ……ら、らめ……そんな……奥……」

体勢を変えられて中に入ったままぐりっと彼のものが回転すると、また違う部分が擦れてびくっとなった。

「ここか？　ここはどうだ？」

少しずつ当たる場所を変えながら私の反応を確認していく。

「あん……ひゃあ……いい……ああっ……」

色々な所を突かれ、その上花芽《かが》までぐりぐりと指で弄《いじ》られる。

それからゆっくりと彼は律動を繰り返す。彼には私の様子が見えているので、抜いたり突いたりしながら、さっき私が感じた場所を的確に強く刺激してくる。

私には自分に触れる彼の感触と息づかい、そして闇にギラギラと光る彼の目しかわからない。彼のために灯りを消したのは自分だけれど、様子がわからないだけに余計に興奮する。

アレスティス……アレスティスが私の側にいて、今この瞬間、親密な時を過ごしている。

初めて彼に会った四歳の時。彼は私の初恋の人になった。華やかな姉と優秀な兄に比べて、太っちょで食べることや読書しか興味のなかった私に、彼はとても親切だった。こんな妹が欲しかった、とも言ってくれた。幼い頃はそれでも嬉しかった。こんな私でも彼の特別になれるのだ。

年を経るにつれ、妹としてでなく異性として意識してほしいと思い始めた頃、色々な女性との噂が聞こえてきた。

彼と噂になるのは美人と評判の人ばかり。交際相手の女性たちと自分の明確な違いに愕然《がくぜん》とする。なぜ私は兄のように黄褐色の瞳でないのか、なぜ姉のように目の覚める赤毛ではないのか。二人の特徴的な色味を暗く地味にしたのが私の目と髪だった。加えて運動が苦手な私は、いつまでもぽっちゃりとしていた。

そんな私をイアナはいつも意地悪くからかった。私たちの母と彼女の母が姉妹だったが、向こうは伯爵、こちらは子爵。彼女は蝶よ花よと育てられ、いつも人の輪の中心にいた。彼女が明るい光なら、私はその光に照らされた影だった。

アレスティスは他の男の子たちと違う。そう思っていたのに、二人が婚約したと聞いてショックで寝込んでしまった。

二人の結婚式など出たくはなかった。

なのに、イアナから姉と二人で花嫁付添人を頼まれた。姉はそうではなかったが、イアナは私が彼を好きなことに気付いているようだった。

イアナの家でイアナも含めて付添人の衣裳合わせをしている時、二人の婚姻の事実を知って驚いた。

爵位を継がないアレスティスが魔獣討伐に行くことになり、仲間内で激励会を行い、酔い潰れた彼をイアナが寝台に押し込み、既成事実を作った。それから妊娠の可能性を告げ、彼女は彼の妻という立場を勝ち取ったというのだ。

彼女が欲しかったのは人妻という地位。アレスティスは夫としても申し分なく、そしてすぐ魔獣討伐でいなくなる。人妻という立場は彼女を簡単には手に入れることのできない女のように思わせ、それだけで男たちが群がってくるようになる。彼女はそれを狙っていた。

「そんな……ひどい。だまして彼と結婚するの？」

それは不誠実ではないかと言う私に、イアナが答えた。

「もちろん、アレスティスのことは好きよ。でも特別じゃないわ。彼が私に与えてくれる価値が欲しかったの。この先、一人の人に縛られるなんて、考えただけでぞっとするわ。私は自由に恋愛を楽しみたいの」

彼女が語る真実に吐き気がし、そんなイアナを憎んだ。

「あなたのような人にはわからないでしょうね」

イアナが私に言った。

それはどういう意味なのか、私は訊ねなかった。

私とイアナは違う。そんなことはわかっている。アレスティスが選んだのは彼女で、私ではない。

それが一番私の心を傷つけた。


ぐっときつく胸を掴まれ、はっとする。

「何を考えている。余裕だな、私の相手をしながら他の……好きな男のことでも考えているのか」

痛いくらいに乳房を掴まれ、思わず顔を歪めたのを見て彼がぱっと手を離した。

暗くて表情はわからないが、その声には怒りが混じり、目には剣呑《けんのん》な色が浮かんでいた。

「違います……」

あなたのことを思っていました。その言葉を呑み込み、腕を伸ばして彼の顔に触れる。

「やめろ」

びくりとして彼が顔を逸らす。体の一番中で繋がっているのに顔に触れるのを拒まれ、胸が痛んだ。今の行為は親密過ぎたかもしれない。愛し合う者同士なら当然の触れ合いだが、金で雇った女にはそれは許されないことなのだろう。

「旦那様こそ……今までその腕に抱いてきた女性の誰かを思っているのではないですか？」

自分で言っておきながら傷ついた。その中に私はいない。私に触れながら、頭ではイアナを思い浮かべているのかもと思うとますます辛くなる。

「……そんなことはない」

軽く否定したが、一瞬の間があった。いくら金で買った女でも「そうだ」と言うのは悪いと思ったのかもしれない。

その代わり、肩にかけた足を下ろされ、ぐるりと俯《うつぶ》せにされた。顔も見たくないということなのか。

膝を突き、後ろから胸を掴まれ繋がったまま体を起こされると、また違うところに当たり、さらに奥まで突き上げられた。

「ああ……奥まで……はあ」

やわやわと胸を揉まれ乳首を弄《いじ》られ、深く楔《くさび》を穿《うが》たれ声を張り上げる。私が膝を折って座る彼の太ももにお尻を下ろすと、アレスティスに背後から抱き込まれた。

「他に……客を取っているのか」

あまりの快感に最初何を訊かれたのかわからず、遅れて理解して首を振る。

「あ、あなた……だけです」

後にも先にも彼しかいない。この関係が終わったらすべてを捨てて一生を神に捧げる覚悟をしている。

「そうか……」

なぜそんなことを訊くのか訊ねようとした瞬間、背後から首筋に唇が当てられ、じゅっと音を立てて吸い上げられた。

まるで自分のものだといわんばかりに、キスマークが付けられた。その行為に喜びを覚え、我知らず呑み込んだままの彼を締め付けた。

首筋から両肩、肩甲骨、背中の窪《くぼ》み。胸の先端を摘まみながら、次々と印が付けられていく。吸い上げられる度に後ろから突き上げられ、ぐんと奥まで先端が当たる。私も食い千切るように締め付ける。

片方の手が下りてきてぷくりと膨れ上がった芽を摘ままれると、快感が背中を突き抜け、繋がった部分からどくどくと愛液が噴き出した。

「はあ……はあ」

後ろにいるアレスティスに体を預け、脱力する。私はもう何度もイっているのに、彼は息こそ上がっているが、まだ硬く大きいまま私の中に納まっている。

腰を捻って後ろにいる彼を振り返る。これほど近くにいるなら暗くても顔が見える。

相変わらず整った顔つきだったが、五年の歳月と過酷な魔獣討伐が、彼の顔をさらに精悍《せいかん》な男に仕立て上げていた。高い鼻梁《びりょう》に薄い唇。光る瞳が彼自身を危険な獣へと変貌させていた。

兄の友人でもう一人の兄とも慕った優しい彼の片鱗は、そこにはなかった。

「恐ろしいか」

私にじっくり見つめられるのが耐えられないのか、視線を逸らそうとする。その彼の後頭部に腕を回し、ぐいと自分の方に引き寄せ、唇を重ねた。彼の目が見開かれた。

彼の口の方が大きいのですべてを塞《ふさ》ぐことはできないが、精一杯口を開き、唇を食む。

「……」

彼の口から吐息が漏れ、中にいる彼の肉棒が大きく脈打つ。私が舌を差し入れると、待っていたかのように彼の舌が襲い掛かって絡み付いてきた。

交互に舌をくねらせ口腔内でしのぎを削るように舌を追いかけ捕らえ、引き込む。

唾液を混ぜ、互いに呑み込み合う間も、彼の手は私のぷくりと膨れ上がった乳首と愛芽を弄《いじ》り続ける。彼を咥えたまま自分からぐいぐいと腰を左右に揺らし、気持ちいいところに当たるように動かしていく。

ぐちゃぐちゃという水音が下からも口からも聞こえ、頭の芯がぼーっとなってきて再び上りつめていく。

「あ、いや……抜けちゃう」

彼が私の腰に腕を回して一旦体を持ち上げた。彼のものがずるりと抜けるのを膣を引き締めて止めようとする。半分抜けた状態で私は反転し、仰向けに寝台に落とされた。

「わかっている。体勢を変えるだけだ」

彼が言ったとおり私に股がると一気に最奥を貫かれた。

「あ……ひ……いい……」

そこから彼がものすごい速さで律動を繰り返した。パンッパンッと音が響き、ズブズブと私から溢れる液が泡立つ。彼が突くたび子宮の入り口をぐんぐんと叩かれる。

「はあはあ……イ……イく……またイっちゃう」

突然、ものすごい波が押し寄せ、目の前に火花が散った。

「ああああ……！」

たまらず声を上げ、ぎゅうっと彼のすべてを絞り出すかのように締め上げた。

体の奥に熱い彼の精が注がれる。彼が私の中で感じ、熱い吐息とともに官能的な呻きを漏らす。

一度精を放っても彼は衰えることを知らず、その夜は何度も彼の手でイかされ、三度目の大きな絶頂を迎えると、私は疲れ果てて意識を手放した。

★
☆
★

鎧戸《よろいど》を閉めた部屋で、ビュンビュンと空気を切り裂く音が響く。

灯り一つないその部屋で、アレスティスは上半身裸で何度も何度も剣を振るった。

何かを振り切るように一心不乱に剣を振るい、体中から噴き出た汗が上段から剣を振り下ろすたびに飛沫《ひまつ》となって辺りに飛び散る。

仮面を外し、ただ前方を鋭く見据え、黒髪が汗で顔の周りや首筋に張り付く。額から頬、顎に汗が伝っても彼は動きを止めない。

もう一時間以上も彼はそこで剣を振るっていた。

「もうそれくらいにしてはいかがですか」

剣先が触れない位置から、声をかけたのは古参の執事だった。

火照《ほて》った体から汗が蒸気となって立ち昇り、部屋に熱気が満ち溢れる。

「彼女は？」

剣を立てかけ、タオルで顔や体の汗を拭いて首に掛け、近くに置いた水差しから水を飲む。

「先ほど馬車で送りました」

暗闇の中、その場から動かない執事の方を振り返る。

「賭けはお前の勝ちだな、アーチー」

負けたのに彼は少しも悔しそうではない。暗くて顔は見えないが、声の様子からそれがわかった。

「お前の人脈には驚いた。どこから見つけてきた」

その問いに執事は言葉を濁した。

「恐れ入ります。あらゆる伝手《つて》を使いましたので、はっきりとは……」

彼女はあくまで主人のために彼が見つけてきた娼婦であって、それ以外の誰でもない。

「そうか……まあいい」

アレスティスはそれ以上追及しなかった。

「そういえば、勝った時の褒美を決めていなかったな。何でも言ってくれ。何が欲しい？」

「褒美など……若様がお気に召されたのなら、それだけで私は満足です」

「無欲だな」

その答えも予想はできていた。

「彼女は……本当に……娼婦なのか？」

少し考えた後、アレスティスがぼそりと疑問を口にした。

「……どうして……そうお思いに？」

「何となく……語れるほどそういった部類の女性を知っているわけではない。だが、夕べの彼女は想像していたより……ずっと初心《うぶ》だった。もちろん、そういう演技ができる女性もいるだろうし、偏見は持っていないつもりだが……」

女性らしい丸みを帯びた体つき。白くきめ細かい傷一つない吸い付くような肌。

零れ落ちんばかりにたわわな二つの双丘。陰茎を突き刺した彼女の中は熱く蕩けるようだった。

思い出しただけで再び下腹部に熱が集まる。

自分さえ気付いていなかった、漠然と思い描いていた理想の姿がそこにあった。

この世にあれほど自分を夢中にさせる女性がいたことに驚く。

自分がそうなのだから、きっと彼女がこれまで相手にしてきた男たちの中にも、そう思う者がいてもおかしくない。

彼女の体を通り過ぎていった、名も顔も知らない男たちに謂《いわ》れのない嫉妬心が沸き上がる。

「生い立ちは存じ上げませんが……その……確かに彼女は……その道で探してまいりました。怪しいとお思いなら別の者を……」

「いや、余計なことを言った。忘れてくれ」

別の女性を手配すると言いかけたのを慌てて止めた。

幾日か抱けばいずれ飽きるかもしれない。これまでつきあってきた女性たちも、最初は好ましいと思っていた。

何度か会ううちに何かが違うと感じ、気持ちが冷めていって別れた。

時には罵《ののし》られ、号泣され、頬を叩かれた。それでも一度冷めてしまうと、二度と心は動かなかった。

友人や、色恋に関係なく付き合う女性には変わらない気持ちで接することができるのに、こと、恋愛となると長続きしない。

自分はどこかおかしいのではないか。

寄宿学校からの付き合いのルードヴィヒやその姉妹とは変わらず良好な関係を続けている。

メリルリース・サリヴァン……六つ下の、親友の妹。

最後に会ったのは自分の結婚式だった。

あの頃からいずれ美しい女性になる兆しはあった。きっと二十歳になった今は、姉に負けず劣らず美しくなっているだろう。

可憐で無垢《むく》で、一心に自分を兄のように慕ってくれた。いつまでも傍で見守りたいと思った。

「どこまで勝手なんだ」

「はい？　何かおっしゃいましたか？」

距離があるため、自分が呟いた言葉が執事の耳には届かなかったらしく、訊ね返された。

「独り言だ。気にしないでくれ。それより湯を沸かしてくれないか。風呂に入る」

「かしこまりました。支度が整いましたらお呼びいたします」

入浴の支度のために執事が出ていき、再び部屋に一人になると、アレスティスは部屋を見渡した。

図書室を模様替えして設《しつら》えた部屋は、寝室以外で彼が仮面を外す場所の一つだった。

もともと窓が少ないその部屋の本棚を移動し、鍛錬のための道具や机や椅子など必要なものを運びこんだ。

怪我を負ったことは後悔していない。それで多くの仲間の命が救われた。命があるだけ自分は恵まれている。

だが、この先一生光を避け、闇とともに生きなければならないのかと思うと、時折無性に叫びたくなる。

明るい太陽の下で二度と見ることのできないものを思い、ぎゅっと目をつぶって血が出るほど唇を噛み締める。

大事な人や物はすべて光の中に置いてきた。

彼女は、自分が背を向けた太陽の匂いがした。

ビッテルバーク辺境伯が見舞いに訪れてくれたのは、外的処置もすべて終え、退院の日を待つばかりの時だった。

腹部の傷はすでに塞《ふさ》がり、普通に活動できるようになっていたが、光を極限まで遮る仮面を被った姿を見て、彼は何度も何度もすまなかったと言った。

「詫びも礼もいりません。綺麗事に聞こえるかもしれませんが、あなたが無事でよかった。助けた相手が、その後で怪我をしたり命を落としたりしたら、それこそ報われません」

「今後私ができることがあれば協力を惜しまない。遠慮なく何でも言ってほしい」

「では、私の将軍職を解き、軍から除隊させてください。元よりこのような状態になり、国のためにこの身を役立てることはできなくなりました。閣下からも陛下にお口添えください」

国王にはすでに辞職を申し出ていた。

このような身になったからには、将軍として国のために尽くすことはできないと。

国王からは、傷が癒えたら改めて首都に来て直接申し出よと返事が来て、退役は保留されている。

「決断を急ぐな」

「申し訳ございません。閣下をお守りできたことは誇りであり、後悔はしておりません。命が助かっただけよかったと思っております。ですが、かつてのように国に仕えることができないのに、いつまでも今の身分にすがりついていたくないのです。どうか、ご温情を」

ほとんど光を通さない仮面の奥から、必死で辺境伯に除隊を請うた。

魔獣討伐を終え世界は救われた。次に魔獣が氾濫するまで、世代的には二つも三つも隔てることになる。

討伐に失敗したならばランギルスの森から魔獣が溢れだし、多くの命が失われたことだろう。

だが、魔獣の討伐により世界の救済のひと役を担った自分は、何を手にしたのだろう。

討伐の功績については、自分一人で成しえたことではない。そのことで世界を救ったと驕《おご》るつもりもない。

あの日、裸のイアナと同じ寝台で目覚めた時、彼女の口から自分がどのように彼女と関係を持ったのか語られた。

信じられないと思ったが、覚えていないので否定もできなかった。

「お互い大人なのだから、このことはいい思い出として二人の秘密にしておきましょう」

イアナは責めるでもなく、世慣れた様子でそう言った。

その言葉に飛びついたわけではなかったが、魔獣討伐で生死の保証もない自分は彼女に何の約束もできなかった。


妊娠したと彼女が言ってきたのは、それから三週間後、討伐に出立する一か月半前のことだった。

第三章　深まる思い

目が覚めると私は一人だった。部屋には蝋燭《ろうそく》が灯され、アレスティスはもう自室に引き上げてしまったようだ。

目覚めるまで側にいてもらえるとは思っていなかったが、彼にとって、私はやはりそれだけの女なのだと思うと、胸が痛んだ。

交わりを終えてからどれくらい経ったのだろう。慌てて着ていた服のポケットを探ると、来る時間違いなく持ってきたはずの薬がなかった。

落としたと思って床を探そうと脇の燭台《しょくだい》に手を掛けた時、そこに薬を入れた布袋が置かれているのを見つけた。中身は空だった。

「いつの間に呑んだのかしら？」

空になった袋を取り上げ考えていると、うっすらと記憶が甦《よみがえ》った。

意識を失いつつある私の髪を撫で、アレスティスが声を掛けながら私の口に薬を放り込んでくれた。

よく見ると、体も拭き清められている。

まさか彼が？　そんなはずはない。きっとメイドか誰かに命じたのだろう。

帰り際、アーチーがまた今夜も迎えに来ると言ってくれた。

手配してくれた馬車で家に戻り、クロエに世話をしてもらうと、自分の部屋の寝台にごろりと横になった。

アレスティスは私がどこかの娼館で他の客も取っているると思っているのか、一人の娼婦をひと晩独占するのに十分以上のお金を払ってくれる。

今夜もあの瞳に見つめられて抱かれるのかと思うと、快感で身が震えた。

怖くないかと彼は訊いた。

そんなこと微塵《みじん》も思わない。彼は私のただ一人の大事な人であり、最初で最後の愛する人。

彼は貴族の子息が通う全寮制の男子校の寮で、同室になった縁で兄と親しくなった。

勉強においても武芸においても兄の良きライバルで、初めての帰省で我が家を訪れた。

「こんなところに……花の妖精かと思った」

その日私はお菓子を食べすぎると母に注意され、イアナにさんざんバカにされて落ち込んでいた。

姉は私の七つ上、兄がその一つ下。イアナはさらに一つ下だが、従姉妹《いとこ》で年下といってもイアナの方が爵位が上なので、姉に対しても偉そうだった。

落ち込んだ時に私はいつも庭園に逃げ込む。虫が嫌いなイアナはそこに来ないのはわかっていた。

庭師が丹精込めて世話をする花に囲まれて隠れていると、兄とともに通り掛かったアレスティスに出会った。

「花の精？　何を言っているんだ、こんなぽっちゃりした妖精なんていない」と言う兄を軽く睨んだ。

兄しかいないアレスティスは、こんな妹が欲しかったと私を見て微笑み、お兄ちゃんと呼んでくれと言った。辛辣な兄と違い、優しいアレスティスは私の王子様になった。

どうして私はもう少し早く生まれてこなかったのだろう。どうしてイアナのような容姿に生まれなかったのだろう。せめて姉と同じような容姿なら……彼が魔獣討伐に参加すると聞いた時も驚いたが、続けてイアナとの婚約が発表され、胸が潰れる思いがした。

彼が出征する前に式を挙げるということになり、慌ただしく準備が進められた。

イアナの本音を聞いてしまった私は、彼女と結婚してもアレスティスが幸せにならないと考え、何とか結婚を思い直してほしかった。

しかし結婚と出征の準備に追われる彼と会う時間はほとんどなく、あっという間に結婚式の当日を迎えた。

神父がこの結婚に異議のある者は申し出よとお決まりの言葉を口にした時、異議がありますと言いそうになった。

でもそんな勇気はなく、二人が誓いを立てキスをした時、私は涙を堪えるのに必死だった。

最後のチャンスである新郎とのダンス。彼に付添人の衣裳が似合っていると誉めてもらえて少し嬉しかった。社交界デビュー前の私が、初めてしたおめかしが、好きな人の結婚式だという事実は辛かったが……

他の人の妻になることがあるのだろうか。アレスティス以上の男性など、現れるのだろうか。

「どうしてイアナだったの？」

ダンスをしながら彼に訊ねた。男なら誰でもイアナを選ぶかもしれないが、彼だってかなりもてる。私の知らない誰かで、もっと彼にふさわしい人がいたはずだ。どうせならその方が良かった。イアナは彼を騙し、彼が討伐でいない間、貞淑な妻でいるつもりもない。イアナは彼を自分をより輝かせる装飾品にしか思っていない。

私の問いに彼は答えた。

「イアナは私にとって理想の花嫁だと思うからだ」

そして君のことはいつまでも大切な妹だと思っている。どうか幸せにと囁《ささや》いた。

私の初恋は無惨に散った。私は彼の妹以上の存在にはなれない。わずか一日だけの新婚旅行に出かける二人を涙で見送った。

こうして私の初恋は終わった。

同じ部屋に通されると、今夜は少し様子が違っていた。

アレスティスは寝台ではなく、奥に置かれた長テーブルの前に座っていた。

部屋は相変わらず暗いので、手に持った燭台《しょくだい》を頼りにそこまで歩いていく。彼が寝台に座っていたなら昨晩と同じようにするのだが、彼の考えがわからずどうしたらいいのか戸惑う。

テーブルにはクリームたっぷりのケーキや蜂蜜、クッキーなどが並べられている。アレスティスは甘いものが好きだったのだろうか？　記憶ではあまり食べているのを見たことがないし。あえて訊ねたこともなかった。

どちらかと言えばこれらを喜んで食べていたのは私の方で、彼と初めて会った日に際限なく食べると叱られていたくらいだ。

彼はこちらに椅子を向け、肘掛けに片肘を置いて座っている。着ているのはガウンだけなので、今夜もそのつもりなのはわかった。

「燭台《しょくだい》をそこに置いて、服を脱いでここに座りなさい」

ぽんと彼が太ももを叩いて指示をする。

椅子は一つしかない。しかもその椅子には彼が座っていて、その彼の上に座れと言っている。

言われたとおり彼に近づく。彼の視線が絡み付き、見つめられているのが痛いくらいにわかる。

彼の足の間に座ろうと落としかけたお尻の下から彼が手を差し込んできた。

「きゃ……」

「なんだ……もう濡れているのか」

見られていると思っただけで私のそこはすでに潤いかけていた。本当はそれより前、この部屋にいる彼を見た時から感じていた。まるでこの部屋に彼のフェロモンが充満しているかのように。

「あん……いや……はあ」

お尻を突き出し、彼の愛撫に応える。背後から回された彼の指が蠢《うごめ》いて、ますます興奮して濡れていく。

喘ぐ声が掠れていく。薬で喉を潰してから時々声が出にくくなっていた。

「ん……ごほっごほっ」

一度咳き込み始めるとすぐには止まらない。背中を丸めて咳き込み出すと、彼の手がぴたりと動きを止めた。

「大丈夫か」

代わりに優しく背中を擦ってくれる。咳き込んで声が出ないのでうんうんと頷く。

「ずいません……」

咳が落ちついてから謝るとイガイガ声になっていた。

「あいにくワインしかないが……呑むか？」

彼がコップを差し出す。

「ばい……いだ……」

喉を潤すなら何でもいいと手を伸ばしかけると、彼が手を引き、ワインを自分の口に含んだ。訳がわからないままに腰を引かれて彼の膝に座らされると、そのまま口移しで呑まされた。

「ん……んん」

ごくごくと彼から注がれるワインを呑み干す。咳で傷ついた喉が潤されていく。

「もう少し……」

おねだりのように言うと、彼は何も言わず同じように口移しで呑ませてくれた。二口目を私が呑み干すのを待って彼の舌が侵入してきた。

「ん……」

昨夜と同じ濃厚な口づけを交わす。彼の口からもワインの芳醇《ほうじゅん》な薫りがした。

「どこか具合でも悪いのか？」

咳込んだのを体調のせいだと思ったのか、心配して訊ねてくる。

「いいえ」

私の体調を気遣う彼の優しさが嬉しかった。

見かけが変わり、心も体も傷つき、人の目から逃れるような生活を送るほどの辛さを経験しても、あの優しかったアレスティスは確かにここにいるのだと思った。

そっと彼の胸板に手を添わせると、身の内でどくどくと脈打つ命の鼓動を感じる。

「病気が原因で、喉を傷めてから時々こうなるのです。心配してくれてありがとう」

本当は薬品で喉を潰したせいだが、そのことは言えない。

微笑んでお礼を言うと、彼は一瞬身を強張らせて顔をふいっと逸らした。

「心配など……寝込まれては寝覚めが悪いからな」

照れ隠しなのがわかって、そんな彼が余計に愛おしくなった。

キスだけでぼーっとなった私に彼が訊ねる。テーブルに並べられたお菓子は、私のために用意してくれたのだろうか。

「食べるか？」

頷くと、彼がクッキーを一つ掴み、私の口に持ってくる。てっきり自分で食べるものだと思っていたので少し驚いた。

「いらないのか?」

唇にクッキーをあてがわれ、恐る恐る口を開き、クッキーを口に入れた。

「舐めて」

食べ終わると彼に指に付いた欠片を舐め取るように言われて舌先で人差し指と親指を舐めた。

「うまいか?」

クッキーはさくさくで美味しかった。そしてこれまでに食べたことがないほど官能的な味だった。媚薬でも入っているのだろうか。

私が頷くと仮面の下から見える彼の口元が緩められた。

「こっちはどうだ?」

彼は次にクリームをたっぷり載せたカップケーキを持ち上げた。

「はい、いただきます」

大人になって量は減ったが、甘いものは今も大好きだ。そのケーキも食べさせてくれるのだろうと口を開けて待っていると、彼はそれを口に持ってきてくれた。

できるだけ大きく口を開けたが、それでもケーキは口からはみ出し、溢れたクリームが顎を伝ってデコルテに落ちた。

体温でクリームが溶けて、胸の谷間に流れて行くのを目で追うと、同じように彼もそれを追い、谷間に顔を埋めて落ちたクリームを舐め出した。

「あ……」

ざらりとした舌の感触がして声が漏れた。

谷間から両の乳房を舐め回し、彼がクリームを舌ですくい取っていく。甘い香りが鼻腔をくすぐり、彼の少し硬い髪の毛が肌をちくちくと指した。

「全部綺麗になったか……」

顔を上げた彼が自分の口の周りに付いたクリームを舌で舐め取る。その様子があまりに色っぽくてお腹にずきんと来た。

「まだ口の周りに残ってます」

堪らず顎に付いたクリームを舐めた。

「もっと食べていいですか？」

顎に手を当てペロペロと顎を舐める。髭を剃ったばかりなのか、ざらりとした感じはしない。

「食べたいだけ食べなさい。夜はまだ長い」

体を動かして正面から彼に抱きつき、足を開いて肘掛けに乗せる。上から噛みつくように彼の口を塞《ふさ》ぎ、片方の手をガウンの合わせ目から中に滑り込ませた。

彼が欲しい……一度だけでいいと思っていたのに、それだけでは満足できなくなっていた。

開いた足の付け根に手を差し込みそこを掻き回す以外は、彼は何もせず、ただ私が触れるままに座っている。

ガウンを引きずり下ろし上半身を顕《あらわ》にすると、無数の傷がそこにはあった。五年の間に彼がどれほど過酷な経験をしたのか、私には想像もつかない酷さだったに違いない。

傷の一つひとつにキスをする。一番大きなのは胸からお腹にかけて十字に走る傷だ。きっとこれが最後に受けたものだろう。

「見苦しくないか」

暗闇の中、傷だらけの彼の体にキスを続ける私に訊いてくる。

私が彼の体の傷を見て少しでも怯えたり嫌悪したならば、彼は深く傷つき、私を拒絶しただろう。

きっと討伐に向かう前の彼の体には、傷らしい傷など一つもなかったに違いない。

今や彼の体には無数の傷があり、討伐がどれほど大変だったかを物語っている。

「こんな傷を負って、よく助かりましたね」

一番大きなお腹の傷に触れる。

大きな爪が引き裂いたのだとわかる傷。

「何度ももうだめかと思ったが、まだあの世に私の席はなかったようだ」

「なくてよかった。そうでなければ、今こうしていることはできませんでした」

心からそう思う。

こうして生きて帰って来てくれたことに感謝しかない。

あの頃、私には彼の無事をひっそりと神に祈ることしかできなかった。

魔獣討伐の合間、彼らは近くの村まで三、四か月の間隔で交代で戻ってきて休息を取り、その時に家族からの手紙を受け取ったり送ったりするのだと兄から聞いた。手紙は家族だけに限られる。

妹のように思っていてくれても、実際には妹ではない私に彼からの手紙が届くことも、また送ることもできない。

時折兄が彼の家から様子を聞いてきてくれて状況を知るくらいだった。それも何とか無事にやっているという程度。

堂々と彼に手紙が書けるイアナが妬《ねた》ましかった。


彼が出立して一か月も経たないうちにイアナはひっそりと隠れて恋人を作っていた。

彼の家族の手前、相手を選んでいたが、だいたい貴族のサロンなどに出入りする芸術家が多かった。

イアナはとにかく異性から賛辞をもらって、ちやほやされなければ生きていけないようだった。

彼らは甘い言葉を囁《ささや》き、イアナに取り入る。イアナもそれを受け入れ、いくらかの金銭と自分の体を惜し気もなく与えた。

彼女が外で恋人たちと会瀬を重ねるためのカモフラージュとして、私はよく引っ張り出された。

芸術家の中には変わった趣味の人も多く、イアナのお供でついてきた私にも興味を示す人がいた。そうするとイアナは途端に機嫌が悪くなり、その相手とはそれきりで別れた。私に興味を示すような変な趣味の男とは付き合えない。それがイアナの主張だった。

アレスティスが出立して一年後、私は社交界にデビューする年齢になった。

一年の間に私の手足は伸び、体の成長とともにぽっちゃりは少し肉付きがいいというくらいになっていた。

それでも姉やイアナに比べればまだまだ太目だったが、両親や兄は綺麗だと誉めてくれた。兄に付き添われてデビューの夜会に出ると、それなりに男性から賛辞が送られるようになった。彼らもあの芸術家たちと同じ、女性の好みが少し変わっているのかもしれない。

何人かに食事や観劇などに誘われたが、私の中にはすでにアレスティスがいた。これがアレスティスだったらとつい考えてしまい、相手に申し訳なく、誰の誘いも受けなかった。

目の前には今、そのアレスティスがいる。言葉を交わすのは最小限だが、その唇の感触を知り、誰も……イアナさえ知らない傷痕を知っている。私の中はすでに彼の形を覚えつつあり、誰よりも彼に密着している。

イアナが今でも生きていたなら、この場所は彼女のものだった。彼女の死はあまりに突然だった。きっとアレスティスは今でも彼女の死を悼んでいるのだろう。彼が私を抱きながら、聞こえない声で誰かの名前を呟いていることを知っている。

彼の上半身をまさぐって舐めまわすと、私は椅子を降り、彼の足元に膝を突いた。

目を凝らすと、そこに屹立《きつりつ》した彼のものがあった。

お腹に突きそうな程に勃き上がり、今にもはち切れそうに大きくなっている。話には聞いていたし、今度のことで事前に模型を見ていたのでわかっていたが、これが私の中に本当に入ったのだろうか。どうりで苦しかったわけだ。

彼が何も言わないのでそのままそれを口に含んだ。

「……！」

口の中でそれを舐め始めると、彼が私の頭を押さえ、快感で声を震わせた。

手で竿に触れるとそれはどくどくと脈打ち、じゅるりと吸い上げると口の中に精液が滲み出てくる。舌を丸めて先で先端を突くと、呻き声とともに腰を浮かせた。

指で何度も扱き裏側も舐め尽くす。娼婦として疑われないように精巧な張り型で何度も練習した。

処女のままではいられないので、それを使って自分から刺し貫いた。

悲鳴が漏れないよう口に猿轡《さるぐつわ》をして、自慰で潤しローションも使い、固定した張り型の上に腰をおろした。鋭い痛みが全身を駆け抜けたが、喉を潰した時の方がもっと痛かった。

歌声を認められて、聖歌隊に推薦され、初めての御披露目でソロを任された。アレスティスは寄宿学校に入っていたのでそれは見てもらえなかったが、そのあと帰省した時に行われた発表会には兄とともに見に来てくれた。

神に届けるつもりで歌うようにと指導されていたが、その時はアレスティスを思って歌った。歌い終わると割れんばかりの拍手が沸き起こり、アレスティスが立ち上がって拍手してくれているのが見えて、人生で一番誇らしかった。

その声を失ってでもこの道を選んだことに後悔はない。うっとりと彼との思い出に浸りながら今の彼を堪能すると、私のあそこもじんわりとまた濡れてきた。

「く……」

張り型では反応がわからなかったが、彼が感じて身悶《みもだ》えている様子から、うまくできていると実感する。最初、この行為を本で読んだ時は本当のことなのかと目を疑った。そこは男性の性器だが、同時に排泄する部分である。同じように女性のそこを舐めたりすると書いてあったのも驚いた。

でもそれは杞憂だった。彼のものは何もかも愛おしい。宝物のように触れて舐め回し、根本にある睾丸も口に含む。好きな人にならば何でもできる。もっと激しい行為をされても受け入れてしまいそうだ。

次第に張りつめて膨張する彼のものが欲しくなり、勝手に腰が揺れ出す。

「くそ！」

乱暴な言葉が彼の口から漏れ、彼が屈み込んでテーブルのお菓子の上に私を俯《うつぶ》せにした。彼の手が秘裂を開いて間にあるひくつく私の蜜口に昂った彼のものを突き刺した。

「ああん……」

待ち望んだものを与えられ、掠れた喘ぎが漏れた。

ずぼずぼと抜き差しを繰り返し、一気に攻め立ててくる。立ったまま彼を受け入れるのは初めてで、昨夜とは違うところを擦られて足に力が入らずテーブルにしがみついた。

体の下でケーキが潰れ、クッキーが砕け、蜂蜜の入った容器が倒れて胸の隙間に流れ込む。それでも上半身の不快感より彼が与える快感がすべての感覚を支配する。音が高く響くほど腰を打ち付けられ、揺さぶられる。やがて絶頂を迎え、彼も私の中に精を解き放った。

一度精を放っても彼はまだ中に入ったままで、質量だけが少し変化したのがわかる。

テーブルに手をついて体を起こすと、脇を持って私を起こし、繋がったまま私の体を反転させた。

体の前面はクリームや蜂蜜、ケーキでぐちゃぐちゃになっていた。ここまで酷いとは思っていなくて、取り払おうとする手を彼が止めた。

「全部取ってやる」

体に付いたクリームやお菓子を、彼はそのまま食べ出した。まるで私自身がお菓子になったような気持ちになる。文字通り本当に食べられてしまいそうだ。

長い時間をかけてすべてを食べ、舐め突くし、顔を上げた彼の口に付いたものを、先ほどと同じように私が舐めた。

「こんなにたくさん……お腹がいっぱいになったのでは？」

彼の胃の辺りに触れ、硬い筋肉に覆われた素肌をまさぐる。お臍《へそ》をとおり、髪と同じ濃い陰毛に触れる。その先はまだ私の中に埋まったままだ。肉棒がまた硬く大きくなったのがわかる。もう復活したのか。顔を見上げると、仮面の隙間から光る目がこちらを見返した。

「しっかり掴まっていろ」

彼は私を抱え上げると、繋がったまま歩き出した。慌てて腰に足を回し、首にすがりつく。歩く度に振動が伝わり、奥に当たるので、寝台に下ろされた時には軽くイってしまっていた。

テーブルの上の灯りに背を向け、仮面を外す。

獲物を闇夜から狙う野獣のように、彼は目だけで私をその場に縫い留める。息をするのも忘れてその目に魅了される。体の傷痕と同じ、この目もイアナは知らない。

お菓子とともに舐め上げられ、すでに勃ち上がった乳首が彼に触れてほしそうに疼《うず》く。

私がわずかに動かした視線でそれに気付いた彼が、その一つを口に含んだ。

一旦口を離した彼が舌舐めずりし、中の彼がまた大きくなった。

読書は昔から好きだった。自分の知らなかった知識を与えてくれ、知らない場所、別の自分を体感させてくれる。

男女間のことについても本を読み漁って学んだ。わからないことは人に訊いた。さすがにあちこち訊いて回るわけにもいかず、クロエとドリスを追いかけ回して訊いた。クロエはまだ良かったが、ドリスは最後には、勘弁してほしい、仕える家の未婚のお嬢様にこんなことを教えたとわかったら首になると泣かれてしまった。

そんな風に得た知識で、男の人は一晩で一回しかできない人もいれば、何回でもできる人もいると知った。後者のような人を絶倫と呼ぶとも。

最初の夜は一回。夕べは二回……三回？　途中で意識がなくなったので覚えていない。

そして今は二回目……このままだと昨日と同じくらいにはいくのではないか。どうして彼は何回もできるのだろう。それほど女性に飢えていたのだろうか。まさか私に溺れているなんてことはないだろう。

「また別のことを考えているのか」

「あ、いえ……その、ア……旦那様……また大きくなりましたね……おさかんなのは昔からですか」

「は……？」

思わずぽろっと言ってしまったが、娼婦はこんなことをお客に言ってはいけなかったのだろうか。

「お前は……何を言っている……娼婦が客の性癖に口を出すものではない」

「す、すみません」

非難がましく言っているが怒ってはいないようだ。どちらかといえば、呆れている？

「……まあいい……これで飯を食っているなら、客が何度もその気になってくれることに誇りを持て。客にも好き嫌いはあるだろうが、嘘でもお前は私に好意があるように振る舞えている。私が何度もしたくなるのは、お前がいい女だからだ」

振る舞っているのではなく、本当に好きなんです。

あなたしか欲しくない。こうして、あなたを知ってしまったらなおさら。

彼が胸のうちに誰を思っていようと、私の体に性欲を掻き立てられていると聞いて、私は歓喜に震え、彼が求めるままに何度も何度も抱かれた。


「そんなに大変なら、今日はお止めになっては？」

家に戻り、疲れきって寝台に横たわると、クロエが心配して訊いた。上半身を起こして首を振る。

アーチーにも言われた。彼が求めるままに応えた結果、ふらふらと歩く私に気付いたからだ。

男女の体力差に加え、引きこもっているとはいえ、何年も魔獣を相手に戦闘を繰り広げてきたアレスティスと読書ばかりしていた私では明らかに体力差がある。

「私から断るなんてできないわ……それに、私がいやなの」

もし一回でも断ったら、そのせいで彼からお呼びがかからなくなるかもしれない。それは嫌だった。今は無理をしても頑張りたい。

「せめて手加減してもらうわけには……回数を減らすとか……」

「そんなことを言って嫌われたりしない？　お金で買われた女がそう言っていいの？」

「それは……私にもわかりませんが……」

「だったら、私と彼とのことは黙って見守っていて。どうせすぐに終わるだろうから」

少し語気が荒かったかとクロエを見て反省する。

「ごめんなさい……クロエは私を心配してくれているのよね。こんな変なことに巻き込んで……きつく言ってごめんなさい」

「気にしていません。お嬢様は無茶をするから心配で……一人で何でも無謀なことをなさるので……張り型を突っ込んだり喉を焼いたり……そんなことをなさらなくても、アレスティス様に正直に打ち明ければ」

「彼に……あなたが妹のように思っていたメリルリースですと打ち明けて、彼がそんな私を女として見て抱いてくれると思う？　もし、君に興味はない、他を当たるからと言われたら？　そんなことになったらもう二度と彼には近寄れない」

メリルリースとして拒絶されたら辛くて死んでしまう。それならただの娼婦のクロエでいた方がいい。きっと彼は後腐れのない女を望んでいる。彼の気持ちは亡くなった妻、イアナにあるに違いないから。

「イアナ様が亡くなった時の様子を、アレスティス様はご存知ないのですか？」

「アーチーが言うには、侯爵家と伯爵家、両家が持てる力を使って事実を揉み消したから、真実を知る人はほとんどいないみたい。お兄様やお姉様も多分知らないと思う」

私が聞いたのは本当に偶然……母とイアナの母である叔母が話していたのを聞いたからだ。

イアナは馬車の事故で亡くなった。嵐の中、山道を走っていて崖から転落したのだ。落ちたのは川で、二日後、捜索隊が見つけた時には御者も馬も、イアナも亡くなっていた。そしてイアナは一人ではなかった。一緒にいたのは画家の卵の青年で、馬車には彼の描いたイアナの絵があった。裸で横たわるイアナ——その死の真相は両家の力で伏せられた。

「アレスティスにとってイアナは理想の妻なの。辛い思いをして戻ってきて、彼女の死を知らされてきっと今でも彼女を忘れていない。ずっと知らないままでいいでしょ」

「……まあ恋は盲目と言いますし、見る人から見ればイアナ様は最初からあばず……恋多き女性だとわかりますけど。男性の目にはいいように映るんでしょうか」

あばずれと言いかけて止めたのは黙っておこう。彼女のことは彼の中で美しい思い出で残るだろう。

「彼が魔獣から受けた傷を癒して首都に戻れば、また彼の心を掴む女性と会えるかもしれない」

「お嬢様も……アレスティス様も今のお嬢様を見たら、妹とは思わないかもしれないではないですか。小さい頃から知っているとか贔屓目《ひいきめ》とかでもなく、お嬢様はお美しいですよ。イアナ様とは違う美しさです。あの方は一つひとつが派手で一見人の目を惹きましたが、お嬢様は総合的に調和が取れていて、真に審美眼のある方にはその美しさがわかるものです」

「………ありがとう」

クロエの説明はよくわからなかった。

「つまり……イアナは誰もが一瞬で目を奪われる美人で、私はよく見れば何となく美人かなと思えてくる。そんなところかしら？」

痘痕《あばた》もえくぼ……不美人ではないが、見慣れてくれば……人柄に好感が持てれば良く見える。じっくりじわじわ効く薬みたいだ。

「違います……アレスティス様と最後に会ったのはお嬢様が十四か十五歳の時ですよね。しかもそれまでずっとお嬢様のことを妹みたいに思われてきた……十四、十五歳はまだまだ花で言えば蕾《つぼみ》。これからどんな花が咲くか未知の存在だったはずです。それから五年で蕾《つぼみ》が綻び、花が咲き、今や大輪の花となられて、しかもアレスティス様の手で芳《かぐわ》しい香りを放つ極上の花にお成りになりつつあります。今のお嬢様を見れば間違いなくアレスティス様を虜《とりこ》にできますよ」

「そんなに私は変わった？　確かに背も伸びて、昔に比べれば少しは細くなったと思うけど」

私の両手で囲い込めるくらい細かったイアナの腰を思い出す。彼女に比べれば私の腰など丸太だ。

「亡くなった方を悪く言いたくはありませんが、あんなのは無理矢理作った紛い物です。媚びを売って簡単に手に入るからもてはやされていただけです。お嬢様は太っているのではなく、本当の健康美。女らしい体つきですよ。私が保証します。殿方は断然お嬢様の方を好む方が多いです。簡単には手に入らない高嶺の花。それがお嬢様です」

クロエは鼻息荒く力説するが、それでも妻としてともに出歩くなら、イアナのような人がいいに決まっている。

★ ☆ ★

――今から五年前。

侯爵家の次男である自分は無理に結婚し、子をもうける必要はないと考えていた。

ただ、好きな人や添い遂げたいと思う女性ができたら、そうすることもやぶさかではないと思っていた。

これまで付き合った女性とは、それなりに好意があって付き合ったが、何かが違うと感じ、離れていった。

イアナの妊娠は驚きだったが、責任は彼女だけにあるのではない。

「私は知っての通り、魔獣討伐に出征する。数年は帰ってこられないだろう。生きて帰ってこられるかどうかもわからない。それでも、父親としての責任は果たす。それでいいか？」

責任を取るための結婚の申し出に、イアナは怒らなかった。

イアナに妻としての愛情は抱けなくても、母親としてなら尊重することはできる。

「かまわないわ、アレスティス。あなたの妻としての立場は私には十分魅力的よ。あなたがいなくて寂しいけれど、私は大丈夫」

討伐になんて行かないで、と言われても困るが、彼女は離ればなれになることに、口で言うほど寂しくは思っていないのかもしれない。

自分もイアナを置いていくことが不安かと問われれば、はっきりそうとは言えない。そこはお互い様だろう。

「それに私には家族もいる。この子もいる。あなたがいない間は、従妹《いとこ》のメリルリースにもかまってもらうわ」

メリルリース。

その名がイアナの口から出て、一瞬どきりとした。

彼女はもう何歳になっただろうか。六つ下だから、十五歳か。

初めて会った時、砂糖菓子のように甘くてふわふわした女の子だと思った。花の中に埋もれ、泣きはらした顔で自分を見つめていた。

妹がいたらこんな風だったろうか。思い切り甘やかし、誰よりも頼れる兄、尊敬してもらえる兄になっただろう。

実の兄、ルードヴィヒよりも慕ってくれることが嬉しかった。

ここ最近は、めっきり会う機会も減り、前のように無邪気に笑いあうことも少なくなった。

従妹《いとこ》であるイアナと婚姻を結べば、彼女とは親戚になる。

彼女ももう大人だ。かつてのように、兄のように慕われることはもうないのだと思うと、寂しい気持ちが湧いた。

あと一年もすれば、彼女も社交界に出る。

昔から体型のことを気にしていたが、イアナや彼女の実の姉のマリールイザのように、折れそうな腰をしている女性ばかりがいいとは限らない。

メリルリースの態度や言葉の端ばしから、自分が彼女たちのようになれないことを気にしていることがわかったが、彼女だって十分魅力的だ。

いずれ彼女の魅力に気付き、求婚者が殺到するだろう。

運良く討伐から生きて帰って来た時には、すでに誰かの妻となり母となっているかもしれない。

彼女ならきっと愛情深い妻となるだろう。純粋に夫を愛し、尽くし、愛に溢れた家庭を築くに違いない。

自分だってイアナという妻になる女性がいるのに、なぜそのことが気になるのだろう。

急に決まった結婚と出征の準備に追われ、あっという間に結婚式当日になった。

イアナとも必要最小限しか会うことができず、ほとんど彼女に式のことや披露宴のことを任せてしまった。

申し訳ないと言うと、気にしないでと、彼女は怒るそぶりも見せなかった。

イアナには世にいう悪阻《つわり》というものがないのか、相変わらず細身の体型で、お腹に子がいるような様子がない。

甥を妊娠していた時の兄嫁はかなり辛そうだった。

もしかしたら、妊娠は嘘なのでないかという疑念が脳裏を過《よぎ》った。

式の直前、思い切ってその疑問をぶつけてみると、彼女はあっさりと認めた。

彼女は人妻という地位が欲しかったのだと言った。あの夜は確かに泥酔した私を言葉巧みに誘導し、体の関係を持ったが、妊娠する危険性はなかった。

だが今さら、妊娠していないので結婚をやめますとは言えない。

こうなったのも自分にも落ち度があったのだと覚悟を決めて受け入れることにした。

だが、花嫁の付添人として、ともに祭壇の前で花嫁の到着を待つメリルリースを見て、衝撃を受けた。

美しいドレスに身を包み、どこか悲し気に立つ彼女の美しさにくらりときた。

マリールイザやイアナの友人は、イアナと似たような体型だった。

メリルリースは彼女たちに比べれば、少しふくよかに思えるかもしれない。

でも、それは彼女の魅力を半減するようなものではなく、少女から大人に成長しつつある密かに漂う微かな色気があった。

花嫁衣裳を身にまとい、父親に手を引かれて自分に向かって歩いてくるイアナよりも、メリルリースに目を奪われている自分に驚いた。

反対に傍らに立ち、神父の言葉に同意して誓いを立てるイアナに対する、ほんの少し残っていた好意が嫌悪に変わっていた。

触れる手も、こちらを見上げるアイスブルーの瞳も、彼女の息遣いにすら虫唾《むしず》が走る。

式の最後にしたキスも吐き気が込み上げるほど気持ち悪かった。

しかし、これはイアナだけの責任ではない。

真実をねじ伏せ、己を誤魔化してきた自分のせいでもある。

メリルリースはとっくに妹としての枠を越え、自分の心に入り込んでいたのに。なぜそこに目を向けなかったのか。

理由はわかっている。

討伐に出征することは自分に課せられた責務だと幼い頃から覚悟していた。

少し時代がずれていたなら、魔獣討伐の布告はなかったかもしれない。

だが、無情にも数年のうちに魔獣討伐の部隊を編成すべしという通達が、すでに辺境伯から寄せられていた。

だから大事な人は作らないでおこうと思っていた。

頭ではそう理解していても、しかし心はそうはいかない。

幼い頃から傍にいて見守ってきた少女、メリルリースは、いつしか誰よりも大事な存在になっていた。

彼女はまだ幼く、結婚する年齢ではない。

彼女が自分のことを好いてくれているのはわかるが、それは思春期独特の熱のようなものなのかもしれない。それなのに、待っていてくれとはとても言えない。

彼女が待っていれば、何が何でも生きて戻ろうと思うかもしれないが、確実なところはわからない。

結局のところ、自分には意気地がなかったのだ。

イアナを利用し、メリルリースから距離を置いた。

花婿と花嫁付添人とのダンス。

彼女への思いを胸に抱き、これが今生の別れとなるなら、この一瞬一瞬を目に焼き付けよう。

「どうしてイアナなの？」

メリルリースが小さな声で訊ねた。

心が張り裂けそうだった。

君が欲しい。だが、それは過ぎたる願いだ。

君はまだ幼く、自分には将来の保証すらない。

第四章　望みのままに

クロエには止められたが、その夜も私はアレスティスの元へと向かった。

確かに四日続けては体力的にきつくなっていた。

でもクロエの前で辛いとは言えない。言ったらもっと強固に反対されるのはわかっている。

夕べみたいにクリームを塗られたり、それを舐められたりの類《たぐい》は毎晩はきついが、彼が私に夢中になってくれるなら、縛られても目隠しされても構わないとさえ思う。

いつもの部屋に案内されると、先に待っているアレスティスがいなかった。

何かあって遅れているのかと思った。

「あ、あの……旦那様は」

ここまで先導してくれたメイドに声をかける。

「若様は今宵はこちらにお越しにはなりません。ゆっくりお休みくださいとのことです」

「え！」

アレスティスが来ない？　ならどうして私は呼ばれたのか？　なぜ彼は来ないのか？　理由を訊ねずにはいられなかった。

「理由は私どもも存じ上げません。ただこちらへあなた様をご案内して、体を休めるように、と申し付けられました。失礼いたします」

「あ！」

彼女はさっさとそれだけ言って去ってしまった。

一人残された私はしばらく何も考えられず、立ち尽くした。

頭の中でなぜ、どうして、そんな疑問がぐるぐると回り、そして一つの結論に至った。

彼はもう私に興味がなくなったのだ。迎えの馬車を寄越したけれど、何かがあって彼の気持ちが変わったとしか思えない。

アレスティスがかつて噂になった女性たちとどのように付き合い、どんな時にどうやって別れたのか私は知らない。

呼んでおいて放置するのは、彼が私に飽きたからなのだろうか。

がくりとその場に座り込み、項垂れた。目の前の景色が滲んでくる。ぼたぼたと涙が溢れた。

メリルリースとしてだけでなく、娼婦のクロエとしても、私はもう彼の側にいることができない。

一度だけでもいいと思っていたのに、まだ足りない。この先、彼との思い出だけを胸に神に仕えるなら、もっと彼との思い出が欲しかった。

「何を泣いている」

床に座り込んで子どものようにえっぐえっぐと泣きじゃくっていると、扉の前にアレスティスが立っていた。

「ア……アレ……だ、旦那しゃま……」

びっくりして涙は止まったが、急に泣くのは止められない。

「なぜ泣いている？」

私の様子を見て部屋に立ち入るのを躊躇《ためら》い、扉の側に立ってこちらを見つめている。気が変わって直接最後通告をしに来たのだろうか。

「ヒック……なんで……ヒック……いない……ヒック……来ない……ヒック……もう……ヒック……わたし……ヒック……いらない……ヒック」

「何を言っている？」

しゃくりながらなのでうまく言えない。アレスティスも聞き取れなくて訊き返す。

「い……いや……聞きたく……ヒック……ない」

彼が一歩部屋に足を踏み入れ、慌ててそれを制す。ピタリと彼が歩みを止める。

「すまなかった」

「いや、ヒック……聞きたく……ない」

イヤイヤと耳を押さえ首を振る。もう明日から来なくていい。もしくはご苦労だった。そんな言葉が後に続くと予想してその先を遮る。

しかし彼の口から発せられたのは想像とは違う言葉だった。

「……そんなに嫌だったか……悪かった。あんなことは二度としない」

「……え？」

彼は私の戸惑いに気付かず言葉を続ける。

「アーチー……執事に諫《いさ》められた。食べ物を体に擦り付けて舐めるなど……紳士のすることではないと……しかも失神するまで抱き潰すなど……無理をさせるにも程があるとな……確かに常軌を逸していた。そなたが嫌がるのも無理はない」

「……え？」

「だから今日は……呼ばないつもりだった。しかし、私が呼ばなかったらそなたは他の客を取らなければならないかもしれないと思って……娼館にはきちんと足代は払う。そなたにも迷惑料を上乗せする。だから今日はやす……おい、何をしている」

私は立ち上がって彼に抱きついた。

「とにかく、今日はここでゆっくり休みなさい。必要なら明日も休んでいい。こら、放しなさい」

私は彼の胸に額を付け左右にぐりぐりと擦り付けた。

「私に……私に飽きたのではなかったのですか？　てっきり……もう私に興味がなくなったからだと」

「何を言っている。そんなことはない。初めにこちらの要求にはすべて応えろとは言ったが、変なことをさせるつもりはない。そなたの体のことを考えず無理をさせたから……むぐ」

彼は私に興味がなくなったわけではなかった。確かに昨日のことは少し恥ずかしかったが、彼が私の体を気遣って考えてくれたのだとわかる。

嬉しさのあまり飛び上がって彼の首に腕を巻き付け、唇を奪った。

唇を重ねて舌を差し込み、積極的に彼に絡み付く。

さっき味わった絶望が大きかっただけに、反動で貪《むさぼ》り尽くす。

「ま、待て……止めなさい……そんなことをしたら……今日は何もしないと決めている」

私の肩に手を置いてぐいと引き離すと彼が言いきった。

「でも……それでは……私の役割は」

「私は客だ。客がそう望んでいるのだから言うとおりにしなさい。とにかく今日はゆっくり休むことだ」

「それでは旦那様は……お客が娼婦を気遣うなんて聞いたことがありません……旦那様はそれでいいのですか」

お金を払って何もしない。本当の娼婦ではないので足代をもらう必要もない。生活費に必要なお金なら昨日までの分で、クロエと二人なら十分賄える。

「なんなら、夕べみたいに口でも……手でもできますよ」

「く……口……いやそこまでしてくれなくてもいい。私だって毎晩しなくてはならない事情はない。そなたのことは気に入っている。関係を長く続けるためにも時には距離を取ることも必要だ」

「では……本当に何もなさらないのですか？　ただ一緒に横たわるのもダメですか？」

彼とあとどれくらい一緒に過ごせるかわからない。ひと晩ひと晩が貴重なのだ。月のものが来ればいやでも休むことになって数日を無駄にしてしまう。せっかく目の前にいるのに、抱き締めてもらえないのは辛い。アレスティスは一緒にいることが辛いみたいだが、もし彼が性欲に負け手を出そうとしても応える用意はある。

「すまない……一緒にいてそなたを抱かないという保証はない。それに、私は誰とも一緒に眠りにはつかない。一人がいいのだ」

イアナともそうだったのですか？　と、喉まで出かかった。恋人でも妻でもない女と体は重ねても、本当に心を許して寝ることはない。そう言われているようだ。

「そなただからではない。これは私の事情だ。わかってくれ」

本当に困っている。あまりしつこくして嫌われても困るので、これ以上は追及しないことにした。

「……わかりました。お言葉に従って今日はこのまま休みます。でもお心が変わったらいつでも声をかけてください。お待ちしていますから」

「……ゆっくり休みなさい」

後に言った言葉は聞かなかったことにするつもりなのか、額に軽く口づけを落としてアレスティスは部屋を出ていった。

彼が私にまだ興味を持ってくれていると知り、今夜が最後でないとわかってほっとした。彼が望むまま多少この身を酷使して応えたいと思ったが、私の体を気遣ってここまでしてくれるとは。娼婦だと信じている私にさえこんなに気遣いをしてくれるアレスティスを、イアナはなぜ裏切るようなことができたのだろう。

アレスティスの不在時に、恋人との密会のために何度も私はイアナと一緒に出かけた。

ある日、いつものように彼女に呼び出され邸を訪ねた。その時のお相手は劇場に所属する役者だったため、ともに誘われて観劇に行くことになっていた。

アレスティスへの裏切りの片棒を担ぐことに抵抗はあったが、言うとおりにしないと、また周りにあることないこと私の悪口を言いふらしかねないので、黙って従っていた。

言われた時間に着くとイアナはまだ支度中だった。それもいつものこと。イアナは遅刻の常習犯で、出発しなければいけない時間から逆算して支度にかかることができない。しかもなかなか衣裳が決まらず、あーでもないこーでもないと迷う。

「玄関で待たせてもらうわ。あなたたちは仕事に戻ってください。私のことは構わなくていいです」

いつものことだと覚悟して頭を抱えそう言うと、玄関脇に置かれた椅子に座る。

イアナを待っていると若いメイドが声をかけてきた。イアナはよく使用人にきつくあたる。気に入らないことがあると躾と称して体罰を加えることもあった。そのメイドも以前彼女に叩かれているところを見たことがある。

さすがに他所の家の者まで完璧には覚えていないが、彼女のことは知っていた。確かエリンという名前だったか。

彼女はもじもじしてトレイに載せた手紙を掲げ、イアナに届いた手紙を私に預けた。

使用人にこれほど恐れられるなんて、と思いながら手紙を受け取った。

それはアレスティスからイアナに届けられた手紙だった。

久しぶりに見た彼の文字。寄宿学校にいた時はよく兄と一緒に私にも手紙を送ってくれた。

彼のことを思い、胸が締め付けられた。

あちらでどんな苦労をしているのだろう。怪我はしていないだろうか。命に関わる怪我なら兄にも侯爵家から連絡があるはず。上官の死亡と彼自身の功績により、将軍にまで出世したと聞いた。

彼はどんな言葉をイアナに届けようとしているのだろう。

その時ふと、私に悪魔が囁《ささや》いた。

彼が……アレスティスが妻を思いながら苦労しているのに、彼から手紙を送られる立場にあるのに、イアナは今、彼を裏切り、恋人に会うために支度をしている。

私はこんなに彼を思っているのに、なぜイアナが……イアナだけが。

私はその手紙をイアナに渡さなかった。


私を花の精だと言った、アレスティスこそ夢の王子様だった。私が大好きだった絵本に出てくる王子様に似ていた。誰よりも強くて、優しい。

初めの頃、口がまだよく回らない私は、アレスティスと言えずにアチスと呼んでいた。

私が作った花冠を互いに被り、一緒にお姫様ごっこもしてくれた。

——メリルリース姫。

——なあに、アチス様。


そこで目が覚めた。

いつの間にか眠ってしまったようだ。

「あら……私……自分でやったのかしら」

着ていた服の前リボンが緩められて胸元がはだけている。淑女の装いとは違ってコルセットもなく、下着は簡素な胸当てなので脱ぎ着しやすくなっている。前リボンなのも自分で簡単に脱げるからだ。アレスティスに捨てられたのでないとわかると安心して、すぐに睡魔に襲われた。無意識に緩めたのだろうか。

誰かが声をかけて手伝ってくれたようにも思うが、この部屋に来る人物でそんなことをするのはアレスティスくらいだ。もしそうなら、寝惚けて変なことを口走らなかっただろうか。

あの日手にした手紙を、私はイアナに渡さなかった。その中身を見ることもなく、燃やしてしまった。愛する人が自分以外の女性に宛てた手紙など見たくもなかった。きっとそこには、私の知らない二人が共有する時間が流れていたことだろう。

私には彼からのたった一行、ひと言の言葉も届かないのに、イアナには……彼からの手紙を受け取る資格のない彼女にはそれが届くのだ。どす黒い嫉妬が渦巻いた。

結局、あれが彼からイアナに届いた最後の手紙だった。あの日、イアナとともに彼女の恋人の舞台を見に行き、終わって控室まで一緒に行った。その後は私一人が帰って彼女は恋人……ジョンだかジャンだかと合流する予定だった。一応礼儀として私も舞台の感想を述べると、なぜか彼はそれをとても気に入り、次の舞台もぜひ見に来てくれと私を誘ったことがイアナの機嫌を損ねた。そのまま怒りにまかせてイアナは彼に決別を告げ、私を引きずるようにして劇場を後にした。

帰りの馬車でイアナが俳優の演技に騙されるな、あれは社交辞令だと私に言い聞かせた。イアナが私を連れ回すのは自分の引き立て役にしたいからで、私の方に興味を示す人がいると途端に牙をむき、私にもいい気になるなと進言する。私は、わかっている、彼は一人でも多くファンを増やしたかっただけだろうと答えた。

その一か月後、イアナは事故で亡くなった。

そしてその二か月後、最後の戦いでアレスティスは大怪我を負った。彼と彼の部隊が大怪我を負いながら最後の大物を倒し、討伐は終結した。彼が重症を負って戦線を離脱して意識が戻った時には残りの魔獣を他国の軍が殲滅《せんめつ》したと聞いた。

彼にイアナの死が伝えられたのは、彼が昏睡状態から目覚めてようやく一人で歩けるようになった頃で、イアナの死を知った彼は、感情の欠落した顔でひと言「そうか」と呟いたと兄から聞いた。

医者はあまりにショックなことがあると人は感情を切り離してしまうものだと説明した。瀕死の重症を負って死の床から起き上がってみれば、体に後遺症が残り、彼の心を癒してくれるはずの妻はすでにこの世にいない。

彼がその後、将軍を辞して領地の邸に引きこもってしまったのも無理はないことだ。

彼の両親もお兄様も、しばらくはそっとしておこう、世を儚み、彼が自ら命を絶つことがないよう見守ろうと決めた。

限られた者だけを側においてて、家族や人との交流を絶った彼の側に仕えるアーチーからドリスに相談が持ちかけられたのは、それから半年後のことだった。

若様……アレスティス様をお慰めする女人を世話したい。できれば口が固くて身元のしっかりした者をと。

アレスティスの怪我は目のこと以外は順調に回復していて、だからこそ、そういう相手も必要だとアーチーはドリスに相談してきた。

ドリスはそれを兄のルードヴィヒに相談した。

親友である兄ならアレスティスの女性の好みを知っているのではないか。アーチーはできればイアナとは異なるタイプの女性がいいと言っていると。

兄にあとで来るように言われていた私は、偶然部屋の前で二人の話を聞いてしまった。

アーチーの心配ももっともだ。イアナに似た女性が側にいては彼女のことを思い出すだけだ。

彼女と五年も離ればなれになり、亡くなってしばらく経つのに彼はまだイアナを思っているのか。

兄はそれならこんな女性はどうかとドリスに告げた。

肉付きが良く、丸みのある女性的な体をしていて、髪や目の色も落ちついた温かみのある茶色系。派手な容姿ではないが、色白の楚々《そそ》とした女性。そんな女性ならアレスティスの気を引いて慰めになるだろう。

兄の話を聞いた私の心臓が早鐘を打ち始めた。

それは正しく私が当てはまるのではないか。

深く考えれば、私がイアナと真逆だということを言っていた。ドリスが「ではそういう女性を探してみます」と言って兄の部屋を出ようとしたので、慌てて廊下の角まで走った。

ドリスが反対の方へ歩いていったのを確かめる。興奮を収めるのに時間がかかった。ドリスに私ではどうかと伝えなければ、ああ、でもどうしてそのことを知っているのかと聞かれたらどうしよう。でもドリスなら、偶然立ち聞きしたと正直に言えば許してくれるかもしれない。

私の頭の中はどうやってそれを実行に移そうかという考えでいっぱいになり、兄に呼ばれたことなどすっかり忘れてしまっていた。

「本当にもう大丈夫なのか？　無理をしなくても」

「いえ、大丈夫です。これが私の仕事ですから。どうか仕事をさせてください」

次の日、彼はいつものように待っていてくれた。昨晩、そこに彼がいなくて取り乱した私を気遣ってくれたようだ。

そして服を脱ぎかけた私を制止したので、そういうわけにはいかないと反論していた。

彼が私に相場の倍以上の金銭を払っているのはわかっている。それなのに娼婦と信じていて体を求めないというのはどう考えてもおかしい。

「それとも……もう私のことを抱くのもいやだと……飽きてしまわれたのなら」

「いや、そんなことはない。だが、そなたを抱いて優しくできる自信がない。そなたは……具合が良すぎる……理性を保とうとしてもつい夢中になって乱暴になる。一度では収まらない」

彼の言葉を聞いて思わず笑みがこぼれた。アレスティスが私に夢中？　私に溺れているというのか。

「……それは……女冥利《みょうり》につきますわ、旦那様」

「アレスティスだ。私の名はアレスティスだ。様も付けなくていい。互いに体を許しあった仲だ。これからはそう呼べ。私もそなたでなく、今度からクロエと呼ぶ」

彼のことは旦那様とかお客さんと呼んでいた。娼婦が客をどう呼ぶかは知らないが、ひと晩だけの繋がりなら互いの名前を知らないこともあるだろう。でも名前を呼んでもいいと言われた。

「ア……アレスティス……」

「なんだ？　クロエ」

メリルリースではなかったが、それは仕方ない。名前を呼ぶことを許してもらえた。つまり、彼が私との関係をもう少し続けてもいいと思ってくれているということだ。

「やっぱり、今夜もなさらないのですか？」

「しつこい。そんなにクロエはやりたいのか」

「ただやりたいのでなく、アレスティスを側に感じたいのです。直接肌に触れ、アレスティスに抱き締めてほしい。昨日みたいに一人で寝ていろと言われるのが嫌なのです。ずっと側にいられないなら、せめてしばらくの間、抱き締めてもらえませんか？」

「………………」

「ダメですか？　アレスティス」

「まったく……とんだ手練《てだ》れだ。今の言葉だけで勃ったぞ」

「え……あの……そんなつもりでは」

そんなつもりはなかったが、彼がその気になったのなら嬉しい。

「まったく……裸で抱き合うだけだぞ。それ以上はしない」

「はい、それでいいです」

彼の気が変わらないうちに、といそいそと服を脱いだ。

「おい、最初の恥じらいはどうした？」

そう言いながら彼も急いで服を脱ぐ。もともと部屋着だから脱ぐのにそれほど時間はかからない。

まだ蝋燭《ろうそく》の灯りは点いており、はっきりと彼の裸身を見たのは今日が初めてだった。

上半身はこの前前側だけ見たが、良く見ると全身傷だらけだ。大きな体に程よく付いた筋肉。お臍《へそ》から下に生えた毛の先には、彼が言ったとおりすでに勃ち上がった彼のものが、まるで戦士の持つ剣のようにそそり勃つ。まさに戦の化身。

「綺麗……」

思わず声が漏れた。この美しい体の持ち主が私の愛するアレスティスなのだ。

まだ仮面を付けているので彼がどんな表情をしているのかわからないが、彼が小首を傾げたところを見ると、私の言葉が納得できないみたいだ。

「綺麗？　おかしなことを言う。こんな傷だらけの体のどこが綺麗だと言うのだ。傷がないところを探す方が大変だろう。綺麗なのはクロエの方だ。美の女神が作った傑作だ」

彼が近づきそっと抱き締める。肌と肌が密着し、一日ぶりの触れあいに乳首が勃ち上がり下も濡れてきた。

「そんな……私……太目でしょう？　小さい頃はもっとぽっちゃりしていて、これでも少しは痩せたのだけど、なかなかこれ以上は痩せなくて」

「クロエが言うのは鶏ガラのような者のことか？　あんな者……抱けば骨が刺さりそうになる。太いだと？　誰がそんなことを……そんなことを言う輩は私がその口を切り裂いてやる。吸い付くような柔らかい肌に、私の手にも余るほど豊かな胸。クロエは完璧だ」

「ありがとうございます」

彼の逞しい背中に腕を回して抱き締め返す。

アレスティスにそんなことを言ってもらえる日が来ようとは……声を潰し、自分で処女膜を貫いたことも無駄ではなかった。

「すまない……クロエ」

「はい？」

くぐもった声でアレスティスが謝ってきた。嫌な予感がして身構える。

「何もしないと言ったのに、今クロエの素晴らしさを言葉にしたら、我慢できなくなった。優しくすると誓うから、一度だけ抱かせてくれ」

勃ち上がった自身を私のお腹に擦り付け、彼が懇願する。それを聞いて、嬉しさのあまり笑みが溢れた。

「そうですね。誓ってくれるなら……ただし、仮面は外してください。暗闇で光るアレスティスの瞳が夜行性の獣のようで、自分が獲物になったみたいでぞくぞくするんです。その代わり、私は何も見えませんから、きちんと誘導してください」

「承知した」

そう言い終えると彼は唇を重ねてきて、濃厚な口づけを交わす。唇を離すと私の膝下に腕を持ってきて横抱きに抱えて寝台まで運んだ。

部屋を照らしていた蝋燭《ろうそく》を吹き消すと、彼が仮面を外して私を見下ろした。

「来て、アレスティス」

光る瞳に向かって手を差し伸べると、彼が唇を寄せ、両手が両胸を揉みしだき始めた。

彼が誓ったとおり、その夜は私がじれったくなるほどにじっくりゆっくり私の全身を舐め回し、私の中に挿入した後も時間をかけながら二人一緒に高みへと上りつめた。

★
☆
★

この数日はいつにも増して、熱心に取り組んでいる。

彼女を抱くようになってから、これまでどうやって禁欲生活に耐えてこられたのかわからない。

「アレスティス様、少しひどいのではないですか?」

剣を振るっている横から厳しい口調でアーチーが言った。

「何がだ？」

「彼女ですよ。少し……コホン……激しすぎるのではありませんか？　夕べなど、何をしてそうなったのかあえてお訊ねしませんが、せっかく用意した甘味が無茶苦茶で……しかも今朝の彼女は気の毒なほど足元がおぼつかず……気持ちはわかりますが、若様と彼女ではもともとの体力が違います。そのことを認識してください」

言い淀みながら忠告するのを聞いて、アレスティスは握っていた剣を鞘《さや》に戻した。

「夕べのことは……私のせいばかりではない。初めは彼女に純粋に食べてもらおうと……いや、そうか……そんなに具合が悪そうだったか？」

確かにクロエは途中で気を失っていた。

最初の夜は一度だけ。その次の日は二度。

それでも昨晩は彼女からも積極的に求め、あまつさえ、自分の陰茎を彼女の可愛らしい口と舌で責められて自分自身も我を忘れたことは否定できない。

彼女が拙《つたな》い舌使いで奉仕してきたことを思い出し、脳髄《のうずい》にまで身震いが届く。

夜明けまで彼女の傍にいられないことがもどかしい。

だが、彼女の傍で深い眠りに落ちるわけにはいかない。

あんなこと、これまでどんな女性とも経験したことがない。それが彼女の技術だというなら、相当の達人と言えるだろう。

「時には休息も必要ですよ。今日は休ませてさしあげてはどうですか？」

思いがけない言葉に驚く。

「休み？」

一瞬、それもいいかと思った。

体が辛いのに、無理に相手をさせるなど、強姦と同じだ。

たとえそこに金銭の授受があったとしても、互いに求め合って体を重ねるのでなければ愛の行為とは言えない。

『愛の行為』……客と娼婦の体の関係をどんなに取り繕っても、そこに『愛』があるはずもない。

なのに、なぜそんな風に思ってしまったのか。不意に浮かんだ言葉を振り払うように頭を振る。

「彼女がいる娼館の主人は、ここに来なければ、別の客を取らせようとするだろうか」

自分の所に通うのを止めたら、彼女は他の客の相手をしなければならなくなるのではないか。

クロエのいる娼館の主人がどのような人物かは知らないが、雇っている娼婦を遊ばせておくような寛容な主人など、滅多にいないのではないだろうか。

「それは……恐らく大丈夫とは思いますが……」

「なぜそう言い切れる？　娼婦といえば娼館の主人からすれば商品だ。欲しいという客がいれば求めに応じて与えるのが普通だ」

自分が金を払ってここへ連れてくる間はいいが、途絶えればきっとすぐに客がつくだろう。何しろ彼女は極上だ。

馴染みの客がいてもおかしくない。

初めて情欲を交わした時にも感じた嫉妬が、さらに強くなってアレスティスの胸を焦がした。

彼女の中に自分以外の男が体を埋める。考えただけで神経が焼き切れそうになる。

まだだ。

まだ自分は彼女を離すことはできない。いずれ飽きて彼女を必要としない時が来るかもしれないが、今はまだその時ではない。

まだ足りない。あと何回、何日、彼女を抱けば気が済むのかわからないが、それは今日ではない。

これほど一人の……しかも商売女に執着するようになるとは思ってもみなかった。

彼女の髪の毛一本たりとも、他の男が触れるのは我慢できない。過去は取り戻せない。だが、これから先、彼女が相手をするはずの男の邪魔することならできる。

彼女の匂い、肌触り、味、喘ぎ声。それらを堪能するのは、自分だけだ。

たった三晩。ここまで自分が一人の女性にのめり込むことになるとは……なぜなのか。彼女の閨《しとね》の技術は、おそらくそれほど高度なものではない。

初めての日、処女なのではないかと思ったほどに拙《つたな》い。時折世慣れたように振る舞ったりするが、夕べのことだってとても男を手玉に取ってきた女性には思えない。

なのに、これほどまでに夢中になるのはなぜか。

答えはとっくに出ているように思えた。

彼女は似ている。

思い出の中の彼女。メリルリースに。

昨夜同様に彼女を屋敷へ呼び寄せたが、今夜はいつもの部屋へ案内させて、ただ休ませることにした。

どうしているかと気になり、黙って様子だけを見るつもりで部屋の前まで行くと、大きな泣き声が聞こえてきて驚いて中へ駆け寄った。

床に座り込み泣きじゃくる姿を見て、何があったか訳がわからず傍に寄った。

鼻の頭を真っ赤にし、涙でぐちゃぐちゃになりながらこちらを振り仰いだ彼女の顔を見て、どきりとした。

泣き顔が記憶の中にある彼女と重なる。

花に囲まれ泣きはらした顔で自分を見た彼女。愛しいメリルリース。

自分が突き放し、遠ざけた。

最後に会ったのは五年前。

今はどれほど美しくなったことだろう。

ハシバミ色の瞳も、柔らかい茶色の髪も、目の前の彼女は見れば見るほどメリルリースに似ている。

すらりと手足が伸びて体中のすべてが柔らかく丸みを帯び、触れる肌はしっとりと吸い付くようで心地いい。

まだあどけなさの残っていた彼女が歳月を経て成長したならば、きっとこんな風になっていただろうと想像したとおりだった。

初めて彼女が屋敷を訪れた時、驚いて名前を訊ねた。

当たり前だが、名前は期待したものとは違っていた。声も違う。

何を期待していたというのだ。

自分が呼び寄せたのは娼婦なのだ。彼女のはずがない。馬鹿な考えは捨ててしまえ。

たとえ似ていても彼女であるはずがない。

そう思うのに、愛撫に肌を震わせ、よがり声をあげ、熱い体で自分を包み込む姿が自分を昂らせた。

なぜ泣いているのかと訊ねると、自分に見限られたと思い、泣いていると言う。

気遣い、心を鬼にして今夜はただ休ませようとしたのに、彼女は何もしてくれないと泣く。

そんなことはないと言うと、たちまち彼女は積極的に、これが自分の仕事だからと迫ってきた。

添い寝でもいいと言った言葉に対し、誰とも夜を明かして眠ることはないと告げた。

彼女はそれ以上追及せず、諦めたようだった。

たった三晩一緒に過ごしただけなのに、自分で決めて彼女に触れなかったのに、夜中うなされて起きた時に無性に彼女に触れたいと思った。

それは喉の渇きにも似ていた。

彼女の寝顔はあまりにも無垢《むく》で美しかった。

寝苦しそうにしているので、胸元を緩めてやる。

豊かな胸の谷間が見え、しばらく見入っていた。

「……？」

夢を見ているのか、彼女の口がもごもごと動いた。どんな幸せな夢を見ているのか、口元を緩ませ微笑んでいる。

「……アチス……」

呟きを聞き取ろうと耳を寄せた瞬間、飛び込んできた言葉に耳を疑った。

それが誰のことを指すのか、知っている。

第五章　それぞれの変化

アレスティスの元へと通い出してから幾日かが過ぎた。

私は毎晩アレスティスと逢瀬を重ねた。

時には激しく、時には優しく。私の体を気遣いながらも彼が与えてくれる快楽に溺れた。

同時に少しずつ色々な話をした。

読んだ本の話。好きな食べ物の話。旅行で訪れた土地の話。

丸々ひと晩ともに過ごすことはなかったが、ただ抱き合って終わりではなく、裸になって抱きつきながら話をして、気持ちが昂ればどちらからと言わずに始め、そしてまた話をする。そんな風に過ごし、私が失神するまで抱き合うことはほとんどなくなった。

正体を偽っているため、私が語れることはあまりなかった。もっぱら彼が語り、私は聞き役に徹した。娼婦は自分の身の上を語らない、お客さんに一時の夢を見てもらうものだからと言うと、彼は納得したようだ。

小さい頃のやんちゃな話や寄宿学校での出来事、魔獣討伐の五年間のこと。

ただ彼もすべてを話しているわけではなく、内容を選んでいるように思えた。

なぜなら彼から他の女性とのことをあまり聞かなかったからだ。過去に付き合ったどの女性のことも、妻だったイアナのことも口にしない。彼の口が語る女性の話題といえば母親や私の姉、マリールイザのこと、そして私……メリルリースのこと。初めて会った私との思い出。彼は今でもあの時の私を本気で花の精だと思ったと語った。

そんなに可愛かったのかと訊いてみると、間髪容れずに「ああ」と返された。

だからアレスティスが好きなのだ。親友の妹にも惜しみなく愛情を注いでくれる。彼が両親をとても大事にしていて、お兄さんのヒューバートのことも尊敬しているのを知っている。

魔獣討伐での話は怖いことも多かった。どれほど多くの犠牲が払われたか。その時は彼の口調がとても重くなり、何度か震える彼を抱き締めて、亡くなった方への鎮魂歌《レクイエム》を歌った。かつて聖歌隊で歌った声とは比べ物にならないくらい掠れた声だったが、そうしていると彼の震えもいつの間にか収まった。

上手でなくてごめんなさいと謝ると、心がこもっていてとても素晴らしいと言ってくれた。

それでも討伐では辛いことばかりではなかったようだ。統括責任者のビッテルバーグ辺境伯が素晴らしく、また色んな国から来ていた人たちと長く交流し、色々なことを学んだらしい。

「面白かったのはそれぞれの習慣の違いや文化の違い。東華《とうか》国では、食事をする時、地面にラグを敷いて真ん中に料理を皿ごと置いて皆で囲んで食べるんだ。食べ方も道具を使わず手で食べる。来《らい》燕《えん》という国は二本の棒を使って食べ物を掴んで食べる。彼らは驚くほど器用なんだ」

暗闇の中、彼の脇に頭を乗せて胸に手を当てていると、話す声が振動として伝わってくる。

「みんな互いの国での身分は違ったが、同じ鍋で作った料理を食べ、時には少ない食物を分け合った。討伐の合間に酒を酌み交わし、互いの国の歌を歌った」

彼はそう言って色々な国の歌を教えてくれた。

それを聞いて聖歌隊で歌を歌っていた頃を思い出した。

ピアノを習っていたこともあり、音楽は好きだった。

歌声を認められて聖歌隊に入り、大勢の前で何度も歌った。

アレスティスが口ずさむ歌を聴いていると、言葉はわからないのになぜか胸が締め付けられた。

低く穏やかに耳に心地いい声。

教えるから君も歌ってみるか。

彼の歌に合わせてリズムを取って歌いたそうにしていたのを、彼が気付いて訊いてきた。

歌うのは好きだった。天使の歌声だと褒められた。

「よく歌うのか？」

「こんな声ですもの。そうそう人前で披露できるものではないわ。耳障りだと思う人もいるでしょう」

自分で潰した喉に手を当てる。

この声と引き換えにして今があるのだ。

「何度も言うが、私はクロエの声が好きだ。咳込むのは心配になるが、好きなのは本当だ」

「ありがとうございます」

かつての歌声もアレスティスは、姿かたちに加えて声も天使だと褒めてくれた。

傍で聞いていた兄が呆れるくらいだった。

互いに幼かった頃、穏やかな春の日差しの中、我が家を訪れたアレスティスにせがまれて、聖歌隊で歌う歌を披露した。

歌っているうちに彼が眠りに落ちたこともあった。

そんな時はこっそり傍らにいる兄に気付かれないよう、読んでいた本を自分の顔の前に立てて、彼の寝顔をそっと盗み見た。

あの頃から、私たちはすっかり変わった。

もし、魔獣討伐がなかったら、今でもあの日々は続いていただろうか。

暗闇の中、歌い続けるアレスティスの光る瞳を見つめてそんなことを思ったが、すぐに心の中で否定した。

彼がこんな風にならなかったら、今私は彼の腕の中にいることはなかった。

イアナと結婚はしていなかったかもしれないが、私でない誰かと結婚し、子どもも生まれていただろう。

「どうした?」

私がじっと彼の顔を見つめていることに気付き、顔を近づけて軽く唇を合わせた。

「不思議な調べですね」

「これは来燕の歌だ。故郷を懐かしむ歌だそうだ。故郷の美しさを歌った歌や、母親に歌ってもらった子守唄。恋の歌もあったか。酒が入って酔いがまわると、少々卑猥な歌も飛び交った」

「卑猥？　どんな歌ですか」

「ご婦人にはとても聞かせられないような歌だ。それでも聞きたいのか」

「そういわれると聞きたくないような……でも気になります」

「こういう歌だ」

私を抱き寄せると、彼は耳に触れそうなくらい口を寄せ、ぼそぼそと口ずさんだ。

「……！」

それは男女の体の性的な部位について比喩した歌で、男女の交わりを面白おかしく茶化していた。

「意味がわからなくても、いい歌は心を打ち、人の感情を揺さぶる。君の歌も、なぜか私の心に響く」

「あ……」

自分の顔が赤くなっているのがわかる。

耳元に口を寄せたまま話を続けるので、耳の穴に彼の息が吹き込まれて感じてしまった。

思わず漏れた切ない声に、彼も私の反応を察したのか、忍び笑いが聞こえた。

最近は、大声ではないが、そうやって小さく笑うことが増えた。

かつての屈託のない笑い声ではなかったが、彼が笑ってくれることが嬉しかった。

今でも討伐隊の仲間とは手紙のやり取りを続けているらしく、その中にはアレスティスと同じように今も怪我の後遺症で苦しんでいる人もいるそうだ。

「遺体を回収できる者はまだましだった。身に着けていた装飾品だけしか手元に残らない者もいた。昨日一緒に生存を喜び合った者が、次の日には物言わぬ遺体となる。毎日死と隣り合わせだった。今日は無事に終わったが、明日は、明後日は、一週間後はどうかわからない。その分、無事に一日を終えた時は、皆で喜び合った。たくさんの命が奪われた時は、皆で失った命を弔《とむら》い、弔意を捧げた」

彼の体中の傷を見れば、どれほど苛酷だったかがわかる。

「私は、最初からそれなりの階級についていたから、部下も大勢いた。上官だった者が倒れたこともあり、五年の間にそこそこの地位までいけた。命の重さは同じなのに、同じように傷つけば、私の方が優先される。だから、あんな傷を負っても私は何とか生き延びた」

辛い思い出を語った後は、彼はいつも以上に情熱的で激しく抱く。私と抱き合い、肌を重ねることでその辛さを払拭しようとするように。だから私は何も言わず、ただひたすら彼の要求に応える。私も時折彼に手荒く扱われることを喜んでいるのだから、犠牲とは思っていない。

そうしているうちに、彼と出会って三週間が過ぎ、私に月のものがやってきた。その間は彼に詫びを入れて通うのを免除してもらった。

彼との関係が始まって会わなくなったのは初めてだった。

「お客様ですよ」

玄関先に誰かがやってきたように思ったが、体が重くて動く気になれない。クロエが対応してくれるだろうと思っていたら、クロエが呼びに来た。

「お客様？　誰？」

「支度をして下にいらしてください」

私がここにいることを知るのは、アーチーとドリスだけだ。まさかアレスティスに何かあったのかと慌てて支度して居間兼食堂に行くと、思いがけない人物がそこにいた。

「お、お兄様」

「やあ、メリルリース……ルードヴィヒお兄ちゃんだよ」

相変わらずの明るさで兄はひらひらと手を振り、クロエがいれたお茶を呑みながら座っていた。

「どうし……え、なぜ？」

「ちゃんと話すから、まずは座ろうか」

目の前の光景が信じられず呆然としている私に対して兄はすごく落ちついていて、私に座るように自分の向かい側の椅子を示す。どっちが客かわからない。

「ここのことはドリスから聞いていた。クロエとも何度か手紙のやり取りをして様子を知らせてもらっていた」

私が座ると兄はあっさりと種明かしをした。手紙のやりとりって……クロエはそんなことひと言も……文句を言ってやろうと思ったが、彼女は私を呼びに来た後、兄にここを任せて村の方へお使いに行ってしまった。

「だいたい、旅に出ます。クロエと一緒です。しばらく帰りませんので探さないでください。落ちつき先が決まったら連絡します、なんて置き手紙を嫁入り前の娘が残して、騒がない親がどこにいる。母上なんてその場で卒倒したんだぞ。もう少し優しく書けなかったのか」

「ごめんなさい……母様たちは？」

「今は落ちついている。ここのことは知らない。我が家でここを知っているのは私とドリスだけだ。私は一応……たきつけた責任を感じているから」

「え？」

「大方、アレスティスのことで頭がいっぱいで、他のことなど眼中になかったのかもしれないが……それにしても、話には聞いていたが、その声は……無茶をするな。そこまでしなくてはならなかったのか。天使の歌声と言われた声を……」

私の掠れた声を聞いて兄がとても悲しそうな顔をした。母様が知ったら卒倒どころでなくあの世に行ってしまうかもしれない。

「それだけアレスティスに本気だということか……兄としては複雑だな。男のためにそこまでするとは……彼がいいやつで大変な思いをしたことは知っているが、君がそこまでしなくても」

「ごめんなさい……でも、これは私が決めたことだから後悔はしていないわ」

私の揺るぎない気持ちを聞いて、兄は深くため息を吐いた。

それから兄はこの一か月の間の家族の状況について教えてくれた。

「実はヒルデとの結婚の日取りが決まった。姉上にも子どもが生まれる」

「とうとう彼女に求婚したのね。おめでとう！　お姉様も待望の赤ちゃんね、よかったわ」

ヒルデ……ヒルデガルドは兄の恋人だ。彼女は家庭の事情が複雑で、なかなか兄との結婚に踏み切れないでいた。姉も三年前に結婚したが、うまく子どもができず苦しんでいた。

「ヒルデのことも、姉上のことも実はアレスティスが色々と心を砕いてくれた」

「アレスティスが？　どういう？」

「ヒルデの兄が長年病を患っていることは知っているね。そのせいで彼女の家の家計が逼迫《ひっぱく》していることも。後継ぎがそんな状態だから、ヒルデも家族を置いて自分だけ幸せにはなれないと、ずっと求婚を断られていた」

「ええ知っているわ。お兄様がそれでもヒルデ以外は嫌だと……子爵家を継ぐ立場のお兄様が結婚もできず、とても苦しまれていたことも知っているわ」

「アレスティスが魔獣討伐の連合軍で一緒になった他国の兵士の中に、ヒルデの兄と同じ病で苦しんだ人がいてね。彼から聞いたという治療法をアレスティスに教えてもらって試してみたら、何と彼の容態がみるみる改善して、今では発作に苦しむこともなくなった」

「……何てこと……素晴らしいわ」

「君には私たちの結婚式で祝福の歌を歌ってもらいたかった。姉上の時のように」

姉の結婚式で私は姉のため祝福の歌を歌った。それを兄は自分の時も、と思ってくれていたのだ。

「ごめんなさい。私は……」

「すまない。私こそ責めるつもりは……それで、同じように姉上も、アレスティスから医学的に子宝に恵まれる方法を教えてもらってね。彼が知り合った別の人から得た方法らしい。予定日は来年の春だそうだ」

いた。

「よかった……よかったわ」

なかなか子宝に恵まれず、憔悴《しょうすい》していた姉を見てきた。普段勝ち気な姉のそんな姿に心を痛めていた。

兄たちのことや姉の妊娠は嬉しい出来事だった。

それを導いたのがアレスティスだったことにも驚く。

彼は単に人目を忍んで隠れ住んでいたのではない。

自分が闇に閉じ込められているというのに、誰かのために自分ができることをしていた。

それを知り、私の胸は締め付けられた。

「あとは君だけだ……こんなこと、いつまで続けるんだい？　年が変わったらすぐに社交シーズンが始まる。私や姉上の心配事がなくなったら、母上も本格的に君の結婚相手を探そうとするだろう」

今までは兄のことなどがあって母様が持ち込む縁談から逃げていた。兄がまだなのに私が先に嫁ぐわけにはいかないと。

「ごめんなさい……皆に心配をかけているのはわかっているけれど、今の私では母様の望むような結婚は望めないわ。諦めてもらうしかない」

「そこまで……自分の幸せを犠牲にしてまでアレスティスに尽くす義理があるとは思えない。君だけが犠牲になるなんて……アレスティスを恨むよ」

「私は犠牲だとは思っていないわ。アレスティスがそうしてくれと私に言ったわけでないのだから、彼を恨まないで、いつまでも彼の親友でいてあげて。それに今、私は幸せだから……人の幸せは人それぞれでしょ？」

「君は……君は家族の中で一番強いね。いつまでも幼い子どもだと思っていたのに……」

「女は好きな男で変わるのよ。ヒルデだってお兄様が側にいるから辛くても献身的に家族に尽くしてこられたんでしょ」

「六つも年の離れた妹からそんな言葉を聞かされるとは……良くも悪くもアレスティスが君を変えたのか……綺麗になったな。一か月しか経っていないのに……本当に綺麗になったよ」

しみじみと私の顔を眺めてそう言う。面と向かって家族に綺麗と言われると変な気分だ。

「お兄様ったら……言いすぎよ。綺麗だなんて……昔から父様たちやお兄様はそう言ってくれるけれど……デビューの時もそう言って画家に絵を描かせたし……私は綺麗じゃないわ。ぶすだとも思わないけれど……綺麗というのは姉上や……イアナのことをいうのよ」

「姉上もイアナもそうだが……これは家族の贔屓目《ひいきめ》でなく、君を美人だと思う男は大勢いると思うよ。イアナのような派手さはないが、君に言い寄ってくる男性もいたじゃないか。君はまったく相手にしなかったが。今でも夜会などで妹君はどうされていますかと何人かに訊かれるよ。この前も人気役者のジャン・ベナートに君のことを訊かれた。ぜひ次の講演のチケットを送らせてほしいと。彼と面識があったのか？」

「以前イアナと……彼女が贔屓《ひいき》にしていたので一緒に楽屋に行ったわ」

苦い思い出が甦《よみがえ》る。あの日、アレスティスからイアナに届いた手紙を私が燃やしてしまった。

「そうか……イアナが……彼女は昔から何かと君に対抗意識を燃やしていたな」

兄の言葉に驚いて目を見開いた。

「イアナが？　それこそ嘘よ。彼女が私に対抗意識を持つなんて……歌だけは勝っていたとは思うけど……アレスティスだってイアナを選んだのよ。今でも忘れられないみたいだし」

自分で言いながら胸が痛んだ。今、彼は私のことを大事にしてくれているが、それは別の意味でだ。

「アレスティスがイアナを……そんなはずは……私の思い違いか……とにかく、イアナはイアナ、君は君だ。同じではないからといってイアナだけが特別だと思わないことだ。故人を悪く言うわけではないが、私から見れば君の方が人としても女性としても遥かに上等な人間だと思うけど……。イアナはそれがわかっていて、君に固定観念を植えつけていたのかもしれないな」

「お兄様？」

兄の言うことは本当だろうか？　イアナが私に？

「もう行くよ。実はアレスティスに私たちのことを報告に来たんだ。手紙より直接感謝を伝えたかった。ヒルデも一緒に来たがったが、兄君もまだ発作がなくなったとはいえ、看病は必要だし、君のことを彼女は知らない。だから今回は私だけで来たんだ」

立ち上がって兄は私の頬に手を添えた。

「本当に後悔はしていないんだね」

「ええ」

力強く答える私に、兄はそれ以上何も言わなかった。

「本当に綺麗になった。この花を咲かせ続けるのも散らすのもアレスティスしかできないのか……これほど君に思われていることを彼が知らないのは酷いことだ」

「お兄様、私のことを彼には」

「私からは言わないよ。彼は親友で恩人だが、そこまで私は親切ではない。彼が自分で気付かないなら意味がないからな」


月のものは四日で終わった。朝のうちにアレスティスに連絡を入れると、その日の夕方には迎えの馬車が来た。

兄はアレスティスに会いに行った後、私の所には立ち寄らなかった。だから兄がどれくらいアレスティスの所に滞在していたのかはわからない。

私のことを言わないと約束してくれたので、問題ないとは思うが、兄のことや姉のことが話題になれば、私のことも少しくらいは話題に出たかもしれない。

いつもの部屋に通され、待っていてくれたアレスティスの様子は、これまでと変わらないようであるような、そうでないような……仮面のせいで表情が読めない。私の勘繰り過ぎだろうか。

「体は……もういいのか？」

「はい。ご迷惑をおかけしました」

私のお腹の辺りを擦《さす》り、アレスティスが訊ねる。

「これは男にはわからない。痛むのか？」

「どうでしょう……私は比較的痛みは軽い方だと思います。人によっては痛くて寝込む方もいるようですが」

「そうだな……機嫌が悪くなる者もいる。母上も二日ほど前からいらいらしていた」

お母上だけのことを言っているのかわからないが、いつまでも私のことで話をしているのは時間がもったいなかった。

「アレスティス……それより…四日ぶりなのです。お話は後にしませんか」

彼のシャツに手を掛け、脱がせにかかった。

「そう慌てるな。私も待っていたのだ」

頬に手を添えて啄《ついば》むようだった口づけが次第に深くなる。口づけを続けながら互いの服を脱がせ合い、ともに寝台へ倒れ込んだ。それから二人で夢中になって抱き合った。

四日ぶりの行為に獣のように荒々しく彼に貫かれ、絶頂を何度も迎える。

彼が何度も何度も腰を打ち付け精を解き放つと、ようやく二人でひと息ついた。

余韻に浸りながら体を寄せ合う。彼も私と同じように飢えていたとわかり、嬉しかった。恋しかったのは私だけでなかった。

「そういえば……今夜は新月です。雲も少し出ているので、鎧戸《よろいど》を開けてみませんか？」

「新月……そうだな」

立ち上がり素っ裸のまま彼が窓辺に歩いていく。暗闇なので私はそれを黙って見守った。

錠を外して彼が窓を開け放つと、さあっと風が部屋に入ってきた。

「大丈夫ですか？」

ベランダに出て空を見上げるアレスティスを心配して訊ねる。私には闇夜だが、彼には昼のように明るく感じるのかもしれない。彼の目はどれくらいの光を捉えているのだろう。

「大丈夫だ。クロエも来るか？」

彼が迎えに来てくれてシーツを体に巻き付けベランダに出ていくと、ちょうど雲が晴れたところだった。

「外の空気を感じるのは久しぶりだ。ずっと締め切った部屋にいたからな。そうか……新月なら外に出られるな」

そう言って空を仰ぎ見る彼の瞳は、宝石のように輝いていた。

自分に巻き付けていたシーツを広げ、彼の体ごとくるんだ。

「風が冷たくないですか？」

熱を分け合うように後ろから抱き締めると、前に回した私の腕に彼が手を添えた。

「これくらい……冬の湖で氷を割って体を洗ったこともある。水をかける側から体の熱で湯気が立ち昇った……クロエ」

私が彼の背中に唇を当て、ペロリと舐めると、彼が背中を反らして呻いた。さっき抱き合ってかいた汗のせいで少ししょっぱい。

私を心配して様子を見にきてくれた兄には申し訳ないし、父様や母様にも心配をかけていると思うと心苦しい。でも兄に言ったことは嘘ではない。自分は幸せだ。手を伸ばせばアレスティスがいて、誰よりも近くに彼を感じている。彼が心に誰を思っていようと、今彼を抱き締め、背中にキスをしているのは私だ。

「クロエ……やめ……」

背中に吸い付いて印を付けながら、手は彼のお腹の上を通り、彼の竿を後ろから握りこんで擦《さす》る。

手探りでゆっくりと前へ手を動かし、くびれから先端を優しく撫でていった。

「やめ……」

「感じて……アレスティス」

背中を舐めながら指先で先端に触れると、すでに先走りの精液が滲み出ていた。

「クロエ……」

竿を擦《さす》る手の動きを早めていくと、たまらず彼から声が漏れる。

「く……」

ベランダの手すりに手を突いて前屈みになって体を支えながら、彼は私が与える刺激に身悶《みもだ》える。

「やめ……もう……出る」

「解き放って……受け止めるから」

その言葉を合図に、彼が精を解き放った。

掌で受け止めたが、量が多すぎて、受け止めきれなかった精液が飛び散り床に溢れた。

彼のもので濡れた私の手をぐいと掴み、彼が後ろを振り返った。

める。

「何てことを……ベトベトだ」

生臭い香りが立ちのぼる中、彼が私の手を見て、互いをくるむシーツの端で掌を拭いながら咎《とが》める。

「怒りましたか？」

「怒ってはいない……しかし……初めの頃はここまでするとは……探求心旺盛というか……いきなり脱がせにかかるし……目が離せない」

瞼や額、頬にと唇を落としながら私を手摺《てすり》に押し付け、後ろを向かせた。

そのまま後ろから彼が先端を私にあてがい、下から一気に突き上げた。

「あ……はう！」

今度は私が手摺《てすり》にしがみつく番だった。彼が打ち付ける度に背骨を通って脳に快感が駆け抜ける。風が胸に当たり乳首が刺激にぴんと勃った。

「ア……アレスティス……アレスティス」

何度も掠れ声でせつなく彼の名を呼ぶ。以前のような声では二度と呼ぶことはできない。失ったものもあるが、得られたものの方が多い。

妹ではなく、女として彼に見てもらい、こうして抱かれることを夢見ていた。私に夢中になってすがるように抱きつく彼が、堪らなく愛おしく、心はずっと叫んでいた。

愛している。あなたしかいらない。たとえこの行為で他人から後ろ指をさされても、後悔はしない。ごめんなさい、父様、母様……メリルリースは酷い娘です。

新月の夜空を見上げ、アレスティスから与えられる快感と両親への懺悔《ざんげ》の思いから涙が一筋流れた。

★　☆　★

月のもの。女性特有の月に一度やってくる現象。

出会って三週間。彼女にもその時が来た。

しばらく彼女は来ない。娼婦の休息の期間だ。

わかってはいるが、彼女と会えないのは辛かった。

幾夜も体を重ね、彼女の中に何度も精を放ってきた。

討伐の間も、領地に引きこもってからもずっと禁欲を貫いてきたので、今度も簡単に耐えられると思った。

なのに、たったひと晩空いただけで、彼女が恋しくなった。

まるで中毒のように、彼女を求めて夜中に目が覚めた。

この三週間、彼女を抱いても夜をともに明かすことはなかった。

なのに、目が覚めてそこに彼女の姿を求め、いないことに落胆する。

過去につきあった女性たちのように、次第に気持ちが冷めて離れていくだろうと思っていた。

だが、いまだに彼女との行為を求め、渇望している。

彼女を求めて眠れない一夜を明かして気付いた。

認めざるを得ない。もう彼女なしではいられないことを。

眠れない夜を越えるため、これまで以上に体を酷使し剣を振るい続けた。

疲れて寝台に倒れるように体を預け、そして彼女の夢を見る。


夢の中の彼女は明るい日差しの中にいた。光と戯れ、美しい花々に囲まれてきらきらと輝いている。

自分はそれを眩しそうに遠く暗い影から見つめている。手を伸ばしても彼女には届かない。

「…………」

光の中に行けず、必死で彼女を呼ぶ。

自分は影から出ることができないので、彼女を自分のもとに呼び寄せるしか方法はない。

でも、何度叫んでも彼女は気付かない。こっちを向いているのに、暗すぎて遠すぎて彼女の瞳に映らないのだ。

やがて誰かに呼ばれて彼女がそちらを向く。

明るい光の中、彼女の傍に見知らぬ男が近づき、彼女はその人物に満面の笑顔を向けて男の差し出す手を取り、こちらに完全に背を向けた。

何度呼んでも彼女は振り返ることはなく、やがて男と連れ立って彼女は自分を置いて光の向こうへ行ってしまった。

「！！！！」


目が覚めると手を天井に突き出していた。

びっしょりと汗をかいて寝台に横たわっていた。

そこは彼女を抱くために用意した部屋ではなく、自分の寝室だった。

毎晩彼女を抱き、そこへ彼女を置き去りにしたまま自分の部屋へと戻る。

体だけの関係。ただの性欲のはけ口。互いに割り切った関係。

初めはそのつもりだった。今でもそれは変わらない……はずだった。

「夢……」

少なくとも、彼女はそうだろう。

なのに、どうしてあんな夢を見るのか。

今日はもう眠ることはできない。

暗闇に包まれた部屋には、朝が来ても日は差してこない。

それでも、無情に太陽は毎日昇る。

暗く閉ざした鎧戸《よろいど》の向こうから聞こえる鳥のさえずりが、朝が来たことを知らせてくる。

彼女との関係に終止符を打つのは、彼女を買った自分のはずだったのに、なぜか彼女から終わりを告げられるのではと怯えている。

彼女が普通の娼婦なら、そうかもしれない。

初めて見た時、彼女をあの子と見間違えたが、その疑いはすぐに払拭したと思った。

だが彼女を知れば知るほど、記憶の中のメリルリースの面影と重なる。

そして、あの日……彼女が寝言で呟いた言葉が耳に残っている。

もしかしたら……そう思いながら、自分はどちらであってほしいと思っているのだろう。


彼女と数日間関係を空けている間に、親友のルードヴィヒが朗報を持って訪ねてきた。

彼が好きな女性の家族の病のことで悩んでいたのを知っていた。自分が聞いた治療法を彼に伝えると、彼は試してみると言っていたのだ。

そしてずっと不妊で悩んでいた彼の姉のことについても、解決策になるかもと子宝に恵まれる方法を教えた。

メリルリースが今どうしているか、彼に聞けば様子がわかるかもしれない。

それに彼なら、この疑惑に決着をつけてくれるかもしれない。

今自分の傍にいる娼婦が、実は彼の妹のメリルリースではないか。

そんなことを聞けば、遂に頭がおかしくなったのかと思われるかもしれないが。

第六章　踏み出した一歩

季節は秋から冬になろうとしていた。アレスティスが滞在するギレンギース侯爵家の領地は国の南に位置しているので寒さはそれほど厳しくなかったが、それでも吹きすさぶ風に冷気が混じり出す。

私は毎日のように彼の元に通った。これほど毎日抱き合って、よく飽きないものだと我ながら感心する。私が夢中になるのは、この関係が永遠に続かないとわかっているからだ。永遠に続かないからこそ、彼が求め続ける限り応えたいと思う。けれど彼はどうなのだろう。

私が知っている中で、彼と噂になった女性は両手の指の数くらいはいた。それが社交界に出た十六歳から結婚を決めた二十歳までの四年の間のことだから、一年に二人、多い時で三人だ。長くて半年になるが、毎日会っていたわけではないだろう。逢瀬を重ねた回数でいけば、そろそろ二か月になる私は優に他の女性たちを超えたことになる。

もちろん今の彼が外界と接触を絶ち、私以外に相手がいないからとも言える。

毎日会うが、毎日体を重ねるわけでもない。新月の夜、ベランダに出たことがきっかけで新月を挟んだ数日は二人で外を歩いた。

「アレスティス……もうこの辺りなら降ろしてくれれば何とか歩けますから」

明かりもなく暗闇なのでアレスティスが私の手を引いたり、時には抱きかかえられたりしながら庭を散策する。

その時も、彼に横抱きにかかえられて歩いていた。

「この辺りはまだ木も多くて、あちこち根が飛び出していてまだ危ない。君のその薄い靴では足を痛めてしまう」

「でも……もうさっきからずっとです。重くなってきているのではないですか」

恥ずかしいのはずいぶん慣れたし、今は誰も見ていないが、さすがに自分の体重を考えるとアレスティスもそろそろ限界なのではと心配になった。

「なんだ……そんなことを気にしているのか」

彼も私が体重を気にしていると気付いたようだ。暗くて彼の顔は輪郭しかわからない。聞こえてくる声には辛そうな響きはなく、むしろ楽しそうだ。

急に立ち止まったので、下ろしてくれるのかと思っていると、ふと、空気が動き、唇に柔らかくて温かいもの触れた。

「……ア、アレスティス」

何を……と言いかけて、今度ははっきりと唇を塞《ふさ》がれた。

「ん……」

食べるようなキスが続き、舌先が唇を割って入ってくる。

風に揺れる木々の葉や遠くで鳴く梟《ふくろう》や虫の声が、次第に遠のいていく。

暗闇の中、二人きりの庭で時間を忘れて口づけを交わした。

まるで本当の恋人同士のような夜の散歩は、ただ寝台で抱き合うより、私には親密に思えた。

彼が唇を離すと、今まで触れ合っていた唇に風が吹いて、途端に我に返った。

「どうして急に？　重いだろうから降ろしてと言っていたのに……」

そう言いながら私もじっとしていた。こうして彼に抱きかかえられているのは少しも嫌ではない。

それどころか彼の逞しさが実感できて、お姫様になったような気分だ。いつまでもこうしていたくなる。

「君があまりにつまらないことを言うから、口を塞《ふさ》いだだけだ」

「つまらないこと？」

「そうだ。こうして君をかかえて歩いていると、自分がとても強くなって英雄のような気になる。なのに、君は降ろせ降ろせとうるさい。君は少しも重くない。私に男としての矜持《きょうじ》を少しは持たせてくれ」

「あなたはそんなことをしなくても、充分男らしいって知っています。でも私は本当に重い」

「くどい。それ以上言うなら、お仕置きするぞ」

彼の声が少し大きくなり、静かな庭に響いた。

「お、お仕置き？」

小さい頃のお仕置きといえば、おやつを抜きにされたり、お尻を叩かれたり、いやというほど文字を書かされたりなどだったが、彼のお仕置きとは何だろう。

考えている間に彼が私を下に降ろして軽く後ろに押した。

トンと木の幹に背中が当たった。

「いいと言うまで声を出すな」

彼は耳元でそう言うと、さっとスカートを翻《ひるがえ》し、その下に潜り込んだ。

「ア……」

太ももの間に両手を食い込ませると、熱いものが中央に触れた。

「ア……アレス……」

「声を出すな」

スカートの中から彼が囁《ささや》く。彼の熱い息が敏感な部分にかかり、次の瞬間下着越しにベロリと舌が割れ目に分け入ってきた。

「……」

木の幹に背中を押し付け、口を手で覆い、必死で声を堪えた。

舌で舐めたり突いたり、口いっぱいに彼が秘所を包み込む。

その刺激に内から蜜が溢れ出してくるのがわかった。

下着の上からそうやって舐め回され続け、膝に力が入らなくなってきた私は、ずるずるとその場に滑り落ちていった。

お尻が地面につきかけた時、アレスティスが太ももを下から持ち上げて私を腹ばいにひっくり返した。

スカートがばさりと裾から捲《めく》り上げられ、夜の空気に下半身が晒される。アレスティスの大きな掌が太ももをなで上げ、下着を一気に引き下げた。

「んん……ふ」

開いた蜜口に舌が入り込み、溢れた蜜を啜《すす》る音が暗闇に響く。

土と草の香りがして、それを掴んで必死にアレスティスが与える刺激に声を殺す。視覚以外のすべての感覚を総動員して彼を感じた。

どれほどそうしていただろうか。朦朧《もうろう》とする私の顎をアレスティスが持ち上げ、唇を重ねる。

私の蜜を口に含んだアレスティスの唇はしっとりと濡れていた。

「自分が重いとか、自分のことを卑下するようなことは二度と言うな。私は君のすべてを気に入っている。それを否定するのは、私に対する侮辱だ。君は美しい。もっと自分に自信を持て。娼婦ならなおさらだ。わかったな」

「はい」

客が気に入っているのだから、自分からそれをどうこう言うことは許さない。

アレスティスはそう言って私のすべてを愛でてくれた。

「よし、もう声を出してもいいぞ」

「え……」

私の体を仰向けにすると、暗闇の中で衣擦れの音がした。

「なんだ、あそこで終わるわけがないだろう。お仕置きはこれからだ」

アレスティスが衣服を脱いだ音だと気付いた時には、もう先端が私のあそこに当たっていた。

「え、ここで……ああ」

あっという間にすっかり大きく硬くなった彼の陰茎が挿入されて、私は一瞬でイってしまった。

「あそこがひくひくと私のを咥えて絡みついているぞ」

何度も体を重ねて受け入れてきた、火傷しそうなくらい熱い彼のものがどくどくと脈打っている。

硬い筋肉で覆われた彼の皮膚の下の血潮を、一番身近に感じるのがその部分だった。

「動くぞ」

言い終えるやいなや、彼は腰を動かして抽送を始めた。

次第にそれは速く激しくなり、肌がぶつかる音や互いの荒々しい息使いや喘ぎ声と擦れて泡立つ水音が夜の庭に響き渡った。

「ああっ……アレスティス……イ……イっちゃう」

「もう少し……もう少しだ、一緒に……」

一生懸命堪えて彼とともにイこうとして、とうとう堪え切れずに達した直後、熱く迸《ほとばし》るものが私の中に注がれた。私はそのすべてを絞り取るように彼を締め上げた。

「はあはあ」

互いに達した直後、再び彼の唇が覆いかぶさってきた。

ようやく森の中の他の音が耳に戻ってくるまで、私たちは体を繋げたまま口づけを交わした。

それからも庭を歩いている途中でどうしても体が疼《うず》き、服を着たまま下半身を繋げたりもした。

私は彼の前では二度と、自分の体型のことで後ろ向きなことは言わなくなった。

自分の体型についてはいつまでも自信を持てないが、アレスティスがこの身を愛しいと思ってくれているのなら、少なくとも彼の前では自分に自信のない言い方はもうやめようと思った。

アレスティスが私の体に溺れ、私との体の繋がりを欲してくれているのなら、感じるままに彼に身を委ねよう、そう心に決めた。

木にすがりついて後ろから突かれたり、ベンチに座る彼に股がったり、闇夜で光る彼の瞳に見つめられながら、何度も抱かれた。


そうやって何度も体を重ねたが、彼がひと晩中私の側で眠ったことは一度もなかった。

どんなに深く交わっても、激しく抱き合っても、夜中過ぎには私を残して部屋を出ていく。

「側にいて」とは言えなかった。

娼婦のクロエにそれを言う資格はない。

二人が会うのはいつも同じ部屋。あとは庭園だけが私に許された空間だった。

抱き合った後、微睡《まどろ》んでいると、彼がするりと寝台を抜け出して脱いだ衣服を身につける。

ああ、今日はもう終わりなんだ。振り向いた彼に考えを悟られないようシーツで顔を隠す。

「おやすみ……」

「おやすみなさい」

軽く唇を重ね、暗闇で耳を澄ます。彼が静かに扉を開いて出ていくと、途端に部屋が広く寒々しく感じる。

朝になるとアーチーが朝食を運んできてくれた。

「実は、侯爵様からお便りが届きました。そろそろ中和剤が完成するそうです。試作品は完成し、理論上は成功だそうです。年内に一度若様を首都のお屋敷に帰すようにとのことです」

「それじゃあ……」

「それで毒素が中和できたら、そのまま目の治療を行うそうです。もし治療がうまくいけば、国王陛下はもう一度若様を将軍職に戻し、伯爵の称号をお与えになるおつもりだと」

「……良かった……彼はこのままここに引きこもっていていい人ではないもの」

彼には輝かしい未来が待ち受けている。私が望んだとおりの未来が。

「問題は、中和剤のことを伝えずに彼をどうやって首都へ行く気にさせるかね」

「その点は……奥方様がご病気だと連絡されるとおっしゃっています」

母親が倒れたと聞けば彼も行かざるを得ない。騙すことになるし、母親のことを大事に思っている彼は怒るだろうが、後遺症に悩まされなくなるなら納得してくれるだろう。

「もし彼が首都に戻るなら……私も一度戻るつもりです。兄が結婚するし、姉も妊娠したそうなので」

その後は……本当はここから直接修道院に行くつもりだったが、兄の結婚と姉の出産を見届けたい。

「それは……おめでとうございます」

「アレスティスが魔獣討伐で一緒になった他国の方々から教わった方法を教えてくれて……我が家は彼に足を向けて寝られないくらいの恩ができたわ」

「そんなことは気にする必要ないと、若様ならおっしゃるでしょう」

「ふふ……そうね」

アーチーがそこでまじまじと私の顔を覗き込む。

「お嬢様……」

「やめて、アーチー」

彼が何を言いたいのか察して先に制した。もうすぐ終わる彼との関係を予感し、お礼を口にしようとしているのだろう。

「私は自分のためにやったの。彼が弱っているところにつけこんで、うまく取り入ったずるい人間なの。何も言わずこのまま最後まで全うさせて」

いつか彼の口から聞かされるだろう終焉の瞬間。私は笑ってこう言うのだ。

「楽しかったわ。さようなら、お元気で」と。


「君に話がある、クロエ」

アーチーから話を聞いた日から二週間後のことだった。

その日、彼はいつものように私を一度抱いてから、心ここに在らずという様子だったので何かあるとは思っていた。

「なあに、アレスティス……改まって」

年の瀬が迫り、今年もあと半月を残すまでになっていた。

暗い室内でこちらを見つめる瞳が僅《わず》かに細められる。

「来週……一度首都の屋敷に戻ることになった。母が……風邪を拗《こじ》らせたようだ……私の名を呼んでいると、兄から手紙が来た。両親は私のことを気遣って黙っているが、一度顔を見せてやってほしいと……ずっと魔獣討伐で留守にしていたので、次の新年こそは家族で過ごしたいと」

「まあ、お母様が……大変ね。ぜひ帰ってあげて」

わざとらしく聞こえなかっただろうか。

「一度行けばしばらくはここに戻れない……早くても来月半ばまでは行ったきりになるだろう。君は……どうする？　待っていてくれるか？」

「どうしようかしら……年末年始は娼館もお休みだけど、いつまでもお客様を取らないわけにはいかないもの。戻ってきたらまた連絡くれる？」

「執事に言って金は用意する。戻るまで客を取らないように金を払おう」

「まあ、アレスティス……ありがとう。あなたは今までで最高の上客よ。何もしなくても手当を出してくれるなんて……ありがとう」

彼の上に股がり、ぎゅっと抱きつく。彼の肩に顎を乗せ、彼から顔が見えないようにする。

「それから……明日から一週間、ここに泊まってくれないか？　昼も夜も一緒に……その分の手当てはもちろん払う。明日、帰りに執事も一緒に行かせて、娼館の主に交渉させる」

「嬉しい……ずっと一緒？」

耳朶《じだ》にキスをする。お尻の下にある彼のあそこがむくりと起き上がったのがわかった。舌先を耳の穴に差し込み、耳朶《じだ》を甘噛みすると彼の口から唸り声が漏れる。耳にはこれまで触れたことがない。新たな彼の性感帯を発見したと思った。舐めて噛んで熱い息を吹き掛けると、彼は堪らないというような声を上げて私の脇腹を掴んで引き剥がした。

「まったく……人が真面目な話をしているのに……このいたずらっ子め」

すっかり見慣れた欲望にぎらつく瞳が見下ろす。

「来て……ここに……あなたのを……ちょうだい」

足を広げて自分から指で秘所を押し開き、彼に見えるようにする。さっき彼を受け入れたばかりでまだ濡れそぼっているそこに彼の視線が行く。

「今の話……ちゃんと聞いていたのか」

そして、ごくりと唾を呑み込み、そこに一点集中しながら聞き返す。

「明日から一週間、私をここに泊めてくれるんでしょ？　もしかして、朝までずっと一緒にいてくれるの？」

「君が望むなら」

その言葉に私は息を呑み込んだ。

最後になってようやく彼は私と朝まで過ごすことを決意したのだ。

「私に異論はないわ……お金を出すのはアレスティスですもの。ねえ、もう今日はくれないの？

待ちくたびれたわ」

腰をぐっと前に突き出し、さらに彼によく見えるように押し開くと、彼の先端がそこに触れた。

「そんなにこれが欲しいのか？　欲張りだな……さっきやったばかりだろう」

「だって……」

先端を呑み込むように自分から腰を揺らす。何度も彼を受け入れてすっかり慣らされた私の体は、簡単に彼を呑み込んだ。質量と熱に膣壁が喜んで痙攣《けいれん》する。

「クロエの中はいつも気持ちがいいな……溢れる液に媚薬でも含まれているのか……」

「私は名器なんでしょ？　ここ最近はアレスティスしか知らないから……すっかりあなたの形を覚えてしまったわ。一人の人にこんなに毎日抱かれることなんてなかったから……恋人になった気分よ」

中で彼がさらに大きくなったのがわかり、膣壁が押される。

「恋人……そうだな……そう思ってくれていい」

ぐいっと奥を突かれ、深いところに当たる。

「はあ……すごくいい……気持ちいいわ」

すがりつく私の胸を彼の口が含み、心地好さに恍惚となる。

そこから彼の猛攻撃が始まった。何度もイかされ、喘ぎ声の中から彼の名を繰り返し叫ぶ。彼が再び精を放った時には、久しぶりに私は意識を飛ばしてしまった。

次の日の朝、アーチーとともに家に戻り、これから先のことをクロエに告げた。

「それでは……いよいよアレスティス様の目が……」

「出発までの間、彼にずっと側にいてほしいと言われたの。とりあえず一週間分の支度をしてもらえるかしら」

「わかりました。早速……」

クロエがばたばたと二階へ上がっていった。

「本当に……お嬢様のお陰でございます」

二人きりになると、アーチーが感傷的に言った。以前もアーチーは私に対して跪《ひざまず》いたり、涙目でお礼を言おうとしたことがあったので、私は警戒した。

「アーチー……前にも言ったけど……」

「いいえ、言わせてください。若様がここまで回復できたのはお嬢様のお陰です」

「私は何も……目のことはこれからで……」

「これまで若様がお嬢様の側でお休みにならなかったのは、単にお嬢様との関係に線を引かれていたからではありません」

「それはどういう……」

「若様の後遺症は何も目のことだけではありません。このご領地に戻られてからずっと、夜中に何度もうなされていらっしゃいました。時には誰かの名前を叫び、すまないすまないと泣いて謝られ……おそらくは助けることができなかったお仲間のことを夢に見ていたのかと……」

アーチーの言葉に私ははっとした。どうして今まで気付かなかったのか。あれほどの傷痕……体中に付いた傷痕の分だけ、彼は死線を何度も潜り抜けてきたのだ。そのことで心を病んでしまっていても不思議ではない。討伐について辛そうに語り、震えていた彼を思い出す。

「心につける薬はございません。若様は取り付かれたように闇の中で剣を振るい、極限まで体を傷めつけておりました。ですが症状はまったく改善されず、日に日に憔悴《しょうすい》されていき、私どもはただ黙って見守るしかできませんでした」

アレスティスがそんな風に苦しんでいたとは知らなかった。

「ある時、そんな若様が密かに女性の絵姿を大事そうに眺めていらっしゃるのをお見かけしました。その絵姿は鍵のかかった箱に仕舞われており、討伐先にも持っていかれていたもので、きっと若様にとっては大事な方だったのでしょう。それを見て、私はどなたかお慰みする者をお連れしますと提案いたしました」

きっとそれはイアナの絵姿だろう。イアナは貞淑な妻ではなかった。それでもアレスティスが妻にと望んだ女性だ。彼が一番苦しい時に、心の支えとなる妻の存在がどれほど必要だったことか。

「アレスティスは拒まなかったの？　……その、私を……女性を連れてくることを」

「初めてその話をした時には難色を示されました。若様にもご結婚までは色々とお付き合いがあったことを存じておりますが、相手の方も若様も割りきったご関係だったと伺っております。お金を使って女性を呼ぶことはこれまでなく、若様の矜持《きょうじ》が許さなかったのでございましょう」

でも、結果的には私が娼婦のふりをして彼の側に来た。最終的には彼もアーチーの提案を受け入れたということだ。

「お叱りを覚悟で申し上げたことでしたので、私は若様に食い下がりました。そして賭けをしたのです。若様がお気に召す女性をお連れしたら、私の勝ち。そうでないなら二度とこの話はしないと」

これまでのアレスティスはお金で女性を買う必要などなかった。

そんなことをしなくても、女性が放っておかなかったからだ。

それが一転して、暗闇の中で世捨て人のように暮らしていた。彼だってまだ二十六歳。気力も体力も十分……もちろん精力も。激しく私を抱く彼を思い出してしまった。危ない……もう彼が恋しくなった。

「期限は一か月。その間に若様が気に入る女性をお連れしなければ私の負け。私はあらゆる伝手《つて》を頼って二十人の女性をお連れしました。しかし結果は惨敗。誰も若様に近づけませんでした」

「それでドリスを頼ったの？」

「正確にはルードヴィヒ様にですが……」

「それを私が立ち聞きしたのね」

そういえばあの時、兄はドリスにアレスティスの相手の条件を、どうしてああも具体的に言及することができたのか。

「正直に申し上げて、今度を最後に諦めようと思っておりました。それに、もし若様のお気に召す女性をお連れすることができなくても、それはそれでいいかと考えました」

「どういうこと？」

「私があの手この手で次々と女性をお連れするのを、若様がそれは楽しんでいらっしゃって……私も意地になっておりましたが、それがきっかけで若様に変化が生まれました。昔の若様には程遠いことでしたが、私が賭けに負けたとしても、少しは若様のお慰みになったのならそれでいいかと……そう思っていた矢先でした。お嬢様がお越しになられたのは。しかも約束の期限ギリギリで……」

「賭けはアーチーの勝ちだったのね」

「お嬢様が御身を犠牲にして成し得たことです。私の手柄ではございません」

「私は犠牲だと思っていないと何度も言っているでしょ」

「いいえ、お嬢様の献身がなければ……若様への愛情がなければ、こうはいきませんでした。私は心から願っております。お嬢様の思いに若様がいつか気付くようにと……若様がもう二度と悪夢に苛《さいな》まれることがないようにと」

アーチーは私の思いがアレスティスにいつか届くことを期待しているようだが、彼がお金で買った女性に果たして気持ちを向けるだろうか。イアナとの結婚を決める前にも彼はたくさんの女性と浮き名を流していた。結果、妻にしたのはイアナだ。

それは彼にとって彼女が誰よりも特別な存在だったからに他ならない。アーチーは知らないのだろうか。アレスティスが今でもイアナを思っていることを。そこに、私の入る隙間などないことを。

いつもより早い時間に迎えが来て、通された部屋はいつもと違っていた。

使い込まれた調度品が置かれた居間の隣には豪華な浴室。その向こうには、いつもよりずっと大きな寝台が置かれている。

「浴室の用意ができております。夕食の前にどうぞ。私どもがお手伝いいたします」

ここまで案内してくれたメイドのルーシーが畏《かしこ》まって言う。

まるで賓客《ひんきゃく》を迎えるような待遇に驚く。アレスティスは私をどうしようと言うのだろう。これでは私は娼婦ではなく、彼の特別な女性みたいだ。

彼の意図がわからないけれど、この待遇を喜び満喫しよう。いずれにしろ、もうすぐ彼との関係は終わるのだから。

温かいお湯がたっぷりと張られた浴槽に身を浸し、香りのいい石鹸で洗ってもらう。浴室から上がると体のすみずみまで香油をすりこまれた。

洗い髪を乾かしてもらい、寝室へ案内されると、そこには私が持ち込んだのとは違うドレスが寝台の上に広げられていた。

「これは……」

「若様からお嬢様に贈り物です」

お嬢様……ギレンギース家のメイドにそんな風に言われるなんて。貴族社会では夕食のための着替えはよくあることだが、ここまで本格的にされると逆に気が引ける。

「あ、あのルーシーさん」

「どうぞルーシーとお呼びください、お嬢様」

「ルーシー……その、私のことは何て……」

「若様やアーチーさんから若様にとって大事なお嬢様とお聞きしています」

「そ、そう……」

何が何だかわからない。私が毎晩彼の元へ通っていたことを彼女は知らないのだろうか。

ルーシーに手伝ってもらってドレスを着たあと、髪も結い上げてもらった。

アレスティスが待っている場所へ案内してもらう。邸の中はどこも鎧戸《よろいど》が閉められていた。灯りも極端に減らされている。彼が足を踏み入れる場所は、どこもこんな感じかもしれない。

「来たね」

案内されたのは図書室だった。

彼はびしっと正装に身を包み、テーブルの前で立っていた。伸びた黒髪を綺麗に束ね、仮面を付けた姿は舞台の役者みたいでかっこいい。

家具が片付けられ、食卓と椅子が置かれている。

「ここは窓が少ないから、自分の部屋以外は大抵ここで過ごしている」

変な所で食べるのだなと顔に出ていたみたいだ。よく見ると剣なども置かれていて、ここで鍛練もしているのだろう。彼の本当の生活空間に招き入れられたのだとわかる。

「よく似合っている。サイズは合っていたみたいだ」

私のドレス姿を見て彼が満足そうに頷く。

「あの……色々とありがとうございます。よくサイズがわかりましたね」

「ほぼ毎日触れているんだ。大体はわかる」

その意味がわかって顔が熱くなる。娼婦扱いされることには慣れたが、こうやって令嬢のように扱われると少し困ってしまう。

「こちらへ……」

彼が引いてくれた椅子に座り、彼もすぐ向かい側に腰を降ろした。

前菜にスープ、鶏肉のローストとデザートにりんごのコンポートを最低限の灯りのなかで頂いた。

食事が終わると彼に手を引かれ、音楽を聞きながら寄り添ってダンスをした。

「あの剣も、毎日振るっているのですか？」

踊りながら剣を立て掛けてある方に顔を向ける。

「何もしなければ体が鈍《なま》るからな」

彼の体が今でも立派なのは日々の鍛練の賜物だ。彼の裸体を思い出して体が熱くなった。

「何を考えている？」

ぐっと腰を引き寄せられ、考えていることが見透かされているような気がして戸惑った。

「な、何も……」

「嘘だ……何か楽しいことを考えていたのだろう。口元が上がった」

――細かいところを見ているな。

「とても熱心に鍛えてらっしゃるのだなと……だからあんなに……あんな体を維持できるのですね。

私にはとても無理だわ……甘いものの誘惑が多過ぎて……」

「頼むからそれ以上痩せないでくれ。抱き心地が悪くなって私の楽しみがなくなる」

アレスティスに体型のことを言われたのは三度目だった。ほっそりとして折れそうな腰の女性がいいとされている社会で、私は肉付きがいい方だ。

「肉欲に溺れているように聞こえるかもしれないが、私はクロエの体が気に入っている。触れれば肉の柔らかい感触があって、腰も臀部《でんぶ》も太ももも、どこに触れても心地いい。骨と皮のような体にはなるな。そのままで……むしろもう少し肉が付いていてもいいくらいだ」

彼の昂りが硬くお腹に当たった。

「自分で言って、思い出してしまった」

アレスティスは自分の体の反応を素直に認める。

「はあ……せっかく君を飾り立てたのに……脱がすことになるのかと思うともったいない」

股間を私にぐっと押し付け、彼はやる気十分だ。

「私も……剣で鍛えていると聞いてから、アレスティスの裸がちらついて……」

はあっと切なげに吐息を漏らすと、彼がぴたりと動きを止めた。

「すまない……寝室まで持ちそうにない」

彼はドレスの裾を捲《めく》り、下着に手を掛けて引きずり降ろし、いきなり手を差し込んだ。すでにしっとりと濡れているのを確認すると、さらに潤すために指を使って刺激を与える。

そのまま片付けられた食卓まで私を誘導し、テーブルの上に横たえさせると足を持ち上げ、疼《うず》いている部分が丸見えになるようにした。

上着を脱ぎ捨て、タイを緩める。そんな仕草が色っぽい。ベルトに手を掛けズボンを下着ごと下ろすと、衣服から解放された彼のものが飛び出した。

蝋燭《ろうそく》を灯しているので仮面は付けたまま、彼がさらけ出された私の秘所に口を寄せた。熱くざらついた舌がべろりと下から上に舐め上げ、秘芽をほじくりだす。

「はう……あん」

身をよじり腰をくねらせ、彼の舌と口が与えてくれる刺激に身を任せた。

膣口に差し込まれた指が秘芽の裏側をリズミカルにとんとん叩き、奥からどんどん溢れる愛蜜を彼が音を立てて吸い上げた。

「アレスティス……ああ」

口と手で軽くイったのを確認して彼が腰を動かし、自分のものを突き入れた。

「はう……ああ、いい」

熱い杭に穿《うが》たれ喘ぐ。彼の腰に足を巻き付け、上半身を起こして首に抱きついた。

「ああ……アレスティス……もっと、もっと奥……」

「く……そんなに締め付けるな……」

さらに彼を奥へ誘い込もうと痙攣《けいれん》を繰り返す。引きずりだす時に彼の亀頭が膣内を擦《こす》り、突く度に奥の感じる場所に当たる。

「好き……ああ……そこ、気持ちいい」

どんどん激しくなる彼の腰の動きに頭が真っ白になり、絶頂の波が押し寄せた。ほぼ同時に果て、ばさりと彼が覆い被さってきた。

「君の中は何て気持ちいいのだ。何度繋がっても、もっと欲しくなる」

「アレスティス……私も……あなたは最高の恋人ね……でも、せっかくのドレスが汚れてしまったわ」

「男がドレスを贈るのは脱がせるためだ」

彼がゆっくりと私の中から抜け出ると、途端にヒヤリと風が当たった。

「歩けるか？」

手を引っ張ってもらって立ち上がると、足元がおぼつかなくてよろけた。

「何とか……」

「寝室に行こう……ここで夜を明かすわけにはいかない」

支えられながら歩いて二階へ向かう。さっき彼から出されたものが溢れて、太ももからふくらはぎへ流れつたうのがわかる。本当に彼は疲れ知らずだ。それに付き合う私もかなり強くなってきたが、そもそも鍛え方が違うのだから勝負にならない。

「明日の朝……鍛練するのを見てもいい？」

部屋にたどり着き、彼に手伝ってもらってドレスを脱ぐ。細かいボタンが付いているのに意外に器用だ。それとも、女性のドレスを脱がすのに慣れているのだろうか。そんな風に考え、チリリと胸が痛む。

「君がどんなことを期待しているのかわからないが、単調でつまらないぞ。腕立て伏せや腹筋などの基礎的なことをして、一人で習った型をお浚《さら》いする。時々近くの衛兵に相手をしてもらうこともあるが、君がいる間は呼ぶつもりはない」

それはなぜだろうと思っていると、彼が後ろからうなじに唇を付けた。

「他の男の目に君を映したくない」

印を付けられたのがわかった。

「アレスティスったら……私が目移りするとでも？」

「それもあるが……今の君は男にとってどれほど魅力的に見えるか、わかっていないのか……君を見れば誰でもきっと欲しくなる」

他の誰かなどいらない。アレスティスが私を魅力的だと思ってくれるならそれでいい。

「でも、私は君を明るい太陽の下には連れていってやれない。光の下で、君がどれほど輝くのか……見ることはできない。こうして金で君を繋ぎ止めることしか……暗い部屋や、闇夜にしか君を連れていってやれない」

切なげにアレスティスが言う。彼はもうすぐ自分の目が治ることを知らない。

だからこその言葉だったが、もしこのまま一生治らなくて、彼とともに闇の中で生活することになろうと、私はそれで構わない。

でも、彼には確かな未来があるのだ。

「太陽の下で私を見たら、あなたの方が私に幻滅するのではないかしら……はっきりしないから、いいように見えるのかもしれないわ」

「そんなことはない」

くるりと彼が私を回転させる。すべてボタンを外し終わったドレスがストンと足元に落ちて、コルセットとズロースだけになる。

「私は夜目が利くと言っただろう。普通では見えなくても私にははっきり見える」

コルセットの隙間から指を差し入れて、紐をほどくと、ぐいっと引き下ろす。コルセットで押し潰されていた胸がボロンと弾むように飛び出た。

「誰もが君を見て想像するんだ。あの白い肌はどれほど滑らかで、どれほど甘いのか」

コルセットが膝下まで下ろされる。

「闇の中で白く浮き上がる光のように……君自身が光だ。眩しくて目がくらむ」

「あなただけに見える私？　あなたにはそんな風に見えるの？」

「ああ……闇の中で道標のように輝く光……私が目指す光」

片足ずつ持ち上げ、下着を引き抜く。

「じゃあ……私はあなたの瞳を目指すわ……太陽の下に連れ出してくれなくてもいいの。私はあなたがいいわ」

一糸纏《まと》わぬ姿になって寝台の縁に腰を降ろす。彼が一枚一枚服を脱いでいくのを羨望の眼差しで見つめる。

やがて傷だらけの私の戦士が目の前に立ち塞《ふさ》がる。

灯りを吹き消し暗闇が訪れると、二つの金色の瞳がふわりとこちらを向いた。

その後は最後まで覚えていない。目が覚めると彼の安らかな息づかいが近くに聞こえ、彼の腕に包まれていた。

夢ではなかった。目が覚めても彼がそこにいる。

「あ……薬」

避妊薬を呑むのを忘れていたと気付き、彼の腕から抜け出そうとすると、彼が小さな声を漏らして目を開けた。

「どうした？」

まだ眠そうに言う声を初めて聞いた。その掠れた声音の色っぽさにきゅんとする。

「あの……いつも呑んでいる薬を……」

「薬？」

彼が私の話を聞いて何か考え込む。

「ああ……これか」

しばらくして彼が何か思い当たったのか、寝返りを打って寝転んだままサイドテーブルの上にあった布袋を持ち上げた。

「そう、それです」

「いつも呑んでいるな。子どもができないための薬か？」

彼が知っているとは思わなかった。でも子どもを望まずに性交するなら必要な薬だ。かつての恋人たちが呑んでいたのを見たことがあるのだろう。

「本当にこんなのを一錠呑むだけで子どもができないとはな……」

「そうですね……男性も避妊する方法はあるんですが、大抵は女性がやっているみたいです」

女性の避妊薬は五十年も前から使われているが、男性が飲む薬は出回ってまだ年数が浅い。なぜ女性の薬に対して男性の薬の開発が遅かったのか。それは単に需要の問題だと聞いている。

妊娠したことで恋人に捨てられたりして不利益を被るのは圧倒的に女性が多い。男はそれは自分の子でないと言えば逃げられるが、女性はそのお腹に子を宿すのだ。知らぬ存ぜぬでは通らない。そんな女性の苦労を汲んで、国を上げての開発が進んだ。それで今の薬ができたと聞いている。

そうはいっても、薬であるからにはそれを手に入れるためにお金がいる。病気でも薬を買えない貧しい者が入手するのは難しい。

貧しい者が子だくさんなのはそういうことだ。

事後に服用する女性用とは違い、男性用は何日か前から服用しておく必要がある。しかも服用してしばらくは精巣が萎縮してしまうらしく、そのため服用する男性は少ない。

「あの、その袋をお渡しください」

袋を取ろうと手を伸ばす。

「その必要はない。私がさっき呑ませた」

「え！」

「これは呑む時間が決まっているのだろう？　気を失っていたから私が口移しで呑ませた。確かめてみるといい」

渡された袋の中を覗き込むと、確かに減っている。月のものの時以外は、ほぼ毎日アレスティスと繋がっているので、薬の個数管理はきちんと把握している。

「もしかして、最初の頃も？」

彼との行為が始まった当初に同じように意識を失い、そのあと呑もうとして中身がなかったことを思い出した。

「ん？　そんなこともあったか……それより、その美味しそうなものをいつ食べさせてくれる？」

「え？　何……あん」

いきなり胸を掴まれ、中心に彼が吸い付いた。袋を受け取って中身を見ている間、彼の顔の前にさらけ出していた胸を、彼が手と口で弄《いじ》りだした。

「こんなにたわわに熟れた果実を二つも見せつけられて、むしゃぶりつかないわけにはいかないな」

「あん……そんなに弄《いじ》らないでください……果汁が溢れてきます」

彼が私の乳房を果実にたとえたので、私もつい調子に乗って秘所から溢れる液をそう言った。

「果汁？　ああ……ここか」

彼が上掛けの中から私のそこを探り当てて触れる。

「本当だ……甘い果汁が滲み出てきている」

「は……ん、あ……」

二本の指で肉芽を摘まれ喘いだ。思わず腰も揺れる。

彼の勃ち上がったものがお腹に当たり、自分から股の間にそれを挟み、擦り付ける。

溢れ出した愛液を彼に塗りつけるように腰を振ると、彼が歓喜のため息を漏らした。

「アレスティス……これ、好き？」

こてんと首を傾げ上目遣いに彼を見ると、それまで瞑っていた瞳がぱちりと開かれ、ぎらりとこちらを見返してきた。

「好きか……だって？　そんなの決まっているだろう」

厚い胸板に手を這わせ、でこぼこした傷痕を撫でていく。そこに彼の勃ち上がった乳首を見つけ、ぐりぐりと弄《いじ》くり回すと、彼が喉を見せて喘ぐ。

「アレスティス……入れていい？」

「好きにしろ……すべて……君のものだ」

腰を振るのをやめ、屹立《きつりつ》した彼のものをそっと掴むと、腰を浮かせて先端を入り口に押し当て、ぐっと腰を降ろした。

「あああ……いい……アレスティスが……私の中にいっぱい」

彼からも熱い歓喜の震えが聞こえる。何度も彼のものを受け入れてきたが、いつも新しい快感と感動を感じる。好きな人が私の中で脈打ち、そこに生命の力強さを感じた。

彼の熱を堪能しながらゆっくりと腰を前後上下に動かしていく。引き締まった彼のお腹に手を突き、引き抜く際に彼の括《くび》れが膣壁を擦る度に中で痙攣《けいれん》する。

「アレスティス……アレスティス」

「クロエ……」

あなたが好き。愛してる。

暗闇で表情が見えないので、漏れ聞こえる声だけを頼りに彼が感じていることを確かめる。

次第に激しくなる腰の動きに合わせ、じゅぶじゅぶと卑猥な水音が部屋に響き渡る。

彼の先端が再奥を突き上げ、私は潮を噴いて絶頂を迎えた。


楽しい時間というのはどうしてこんなにも早く過ぎてしまうのだろう。

アレスティスと私はこれまで以上に親密な時間を過ごした。

みんなの手前、食事はなるべく服を着て図書室で食べた。彼も朝は図書室で鍛練する。上半身裸になって筋肉を動かす彼の姿はとてもかっこよかった。

しなやかな筋肉に玉のような汗が浮き出て、傷に沿って流れていく。高い位置にある窓から差し込む光を避けて背を向け、動く度に散る汗が光を反射する。あまりにかっこよくて、汗まみれになった彼に思わず抱きついたこともある。

汚いからと彼が言うのを無視して、滴《したた》る汗に舌を這わせた。私、いつの間にこんなことができるようになったんだろう。

ある日の夜、夕食は趣向を変えてみようとアレスティスが言った。

あとから来るようにと言われ、図書室へ行くと、家具が壁際に押しのけられて床にラグが敷かれていた。

その周りにはたくさんのクッションが敷き詰められている。サラダやパン、肉と野菜の煮込み料理やひき肉の串焼き、一口大のパイなどが皿に盛られてラグの上に直に置かれていた。

「あの……これは」

クッションの一つに座って待ち構えていたアレスティスに近づいて訊ねる。

「さすがに料理までは再現できなかったが、以前に話をしただろう？　東華国ではこうやって食べる。来燕の『箸』というものを使う食べ方もいいかと思ったが、私もうまくできる自信がない」

ポンポンと自分の傍らのクッションを叩き、座れと指示する場所に腰を下ろす。

「何から食べる？」

たくさん並んだお皿を眺めていると、ワインの入った杯を差し出されたので受け取る。

「えっと……では、これを」

確か手を使って食べると言っていた。一番食べやすそうな串焼きを選ぶ。

横にあったボウルに入った水で手を洗ってから、アレスティスが串焼きを手に取り、串から一つ取ると私の口元に差し出した。

「口を開けて」

きょとんとしていると、ひと欠片の肉が唇に触れる。

「あの……自分で……」

「このためにこれを用意した。食べて」

「……」

「ほら」

目の前に突き出された肉とアレスティスの顔を交互に見比べたが、彼が引く気はないのがわかる。以前もこうやって甘味を食べさせてくれたことを思い出した。

「いつまで私を待たせる？　手が疲れてきた」

「じゃあ……」

手を出して彼から肉を貰おうとすると、彼がその手を引いた。

「違う……わかっているだろう？」

空振りした右手が肉を持っていないアレスティスの左手に掴まれ、彼の膝の上に封じ込められた。拒む理由はない。もっと恥ずかしいこともしてきた。肉よりもっと卑猥なものを口に咥えた。

「どうしても？」

「どうしても。ほら、口を開けて」

言われた通り目を閉じて口を開けた。

「目を閉じないで」

耳元で囁《ささや》かれ、どきりとして目を開けた瞬間、薄く開いた唇の隙間にアレスティスの指ごと肉が差し込まれる。

「ん……ふご」

香辛料が効いた肉汁が口に広がる。

「美味しい？」

咀嚼《そしゃく》してごくりと呑み込んだのを確認してそう尋ねられ、ゆっくりと頷いた。

「じゃあ、今度は君の番だ」

同じ串にはまだあと三つ、肉の欠片が刺さっている。

水のボウルに手を入れて洗い、串から肉を一つ摘まんで引き抜くと、アレスティスの口元に運んだ。

肉感的な唇の口角が上がって、一瞬微笑んだかと思うと、手首を掴まれ、指の根元まで思い切り呑み込まれた。

「あ……」

肉を口に頬張ってから指を抜く瞬間、ざらりとした舌が親指と人差し指の内側を同時に舐める。

「確かに美味い」

舌先でぺろりと自分の唇の縁をなぞり、味を堪能している。

「他には何が食べたい？」

「あの……」

仮面の向こうからアレスティスが痛いほど私を見つめているのがわかる。

「顔が赤いが、どうした？」

私が顔を真っ赤にしているのを面白がっている。

「べ、別に……」

顔を背けようとしたが、顎を取られてアレスティスの方を向かされると、すかさず今度は苺が放り込まれた。

甘酸っぱい味が口いっぱいに広がる。口に入りきらなかった半分をアレスティスが私の唇ごと呑み込む。

互いの口の中で苺がぶちゅりと弾け、唇の間から果汁が流れ落ちた。

「ん……んふ」

苺の半分を私の口に残し、残り半分をアレスティスが持っていく。数回噛んで、互いに果肉を呑み込んだ。

「今までで食べた中で一番甘い」

私の口から零れた果汁を親指で拭って舐め、すぐ目の前でそう言ったアレスティスの吐息は甘酸っぱい苺の香りがした。

娼婦なら、ある程度は客の要望に応えなくてはならない。

縛られるわけでも、鞭で打たれるわけでも、拷問されるわけでもない。

互いに食べ物を食べさせ合う。そこに食事という行為だけでなく、何度も体を重ねてきた男女特有の親密さが加わり、なんとも形容しがたい熱の塊がお腹をくすぐる。

「来燕の者は、食事をする前にいつも『いただきます』と言うんだ」

半分ほど食べさせ合いを続けたあとでアレスティスが言った。

「いただきます？」

「そうだ。食事をするということは、『命をいただく』こと。食材に敬意を払い、それを用意してくれた者に敬意を払い、感謝する。そうやって我々は生きていく。我々が生きていくために奪った命に感謝する意味があるそうだ」

「そんな風に考えたことはありませんでしたが、確かに……食べなければ、人は死んでしまいますね」

そういう考え方もあるのかと感心する。

「そう聞くと、食べたもの一つひとつが、体中に染《し》み渡るような気がします。こうして息をして、あなたと会話をし、あなたに触れて、あなたのことを感じられるのも、生きているから。生かされているから」

「君なら、素直にそう受け止めてくれると思っていたよ。私もその話を聞いてそう思ったことを思い出した。色々あって、すっかり忘れていた」

私の反応が彼の望んでいたものだったらしく、とても嬉しそうだ。

「やはり君と私の価値観はよく似ている。これほど体がしっくり馴染むのも、だからなのだろうか」

その言葉に、どう反応していいかわからなかった。

恋人なら喜ぶべきだろう。自分がなぜ彼に惹かれて恋焦がれ続けたのか。

自分の中で彼が唯一の存在だからだ。でも、それは私だけの思い。

アレスティスにとっては違う。

今、娼婦のクロエに彼が求めるのは体の関係。そこに若干の親密さが加わったとしても、それは単なる情欲を盛り上げる一つのスパイスに過ぎない。

「私もあなたとの関係は気に入っているわ。好き嫌いを言ってはいられないけど、あなたは顔も体も私の好みだし、あっちの方もとても上手だもの」

「……そうか。その言葉が本心なら嬉しいよ」

一瞬の沈黙のあとで、彼はそれだけ言った。


その後、残りの食事を平らげてお腹がいっぱいになると、私たちはまた体を重ねた。

私の体はアレスティスのすべてを受け入れ、彼の形を覚えている。

この先も彼だけ。

彼の陰茎を自分の蜜口に迎え入れ、最奥に突き立てられて、彼から放たれる熱を受け入れる。

それは彼が持つ命の源。生きるための糧と同じように、私の中に浸透していく。

あっという間の一週間だった。

明日には彼は首都に発つ。彼は母親の見舞いと家族との久しぶりの新年を過ごす程度だと思っているので、ひと月ほどで帰ってくるつもりでいる。

でもそれだけではないことを私は知っている。

治療にどれほどの時間がかかるのかわからないが、ひと月以上時間はかかるだろう。

「手紙を書く。アーチーに届けてもらうから」

「アレスティス……娼婦に手紙？　冗談でしょ。悪いけど、私はそれほど暇ではないの。返事は期待しないでね。娼婦から手紙なんて届いたら、ご両親が卒倒してしまうわ」

かつてあれほど焦がれた彼からの手紙など届いた日には泣いてしまう。

「それでも構わない」

彼はそう言うが、その手紙が私に届くことはないだろう。明日には私はあの家を引き払う予定だった。

それから一度家に戻り、家族としばらく過ごしたあとは予定どおり身を隠す。

最後の夜はゆっくりと過ごすつもりだったのに、これが最後かと思うとどうしても激しく彼を求めてしまった。

翌朝早く彼が出発するのを見送ってから、二人で過ごした部屋をあとにした。

「アーチー、色々ありがとう」

裏口ではなく玄関で見送ってくれるとは思っていなかったので、驚いた。

「お嬢様もお疲れ様でございました」

「例の件、よろしくお願いします」

「本当によろしいのですか？」

「もともと私には必要のないものですから」

アレスティスが私を買ったつもりで用意してくれたお金は、アレスティスの名でここの教会に寄付してもらうようにアーチーに頼んでいた。

「お元気で」

「アーチーも……皆さんにもよろしく」


「お帰りなさいませ。お疲れ様でした」

「ただいま、クロエ。ありがとう、付き合ってくれて」

私が戻ってくるとクロエは黙ってお湯を沸かし、私を甘やかすだけ甘やかして世話をしてくれた。

お風呂に入り体がほかほかになると、眠りについた。

その日、私は夢を見た。

黒髪のとても可愛らしい小さな男の子が私に向かって微笑み、可愛い手を伸ばしてくる。

男の子はこちらに向かって何か言っているが、うまく聞き取れない。

私はその子をとても愛しく思っているのがわかる。こんな可愛い子の親になりたいと思い、この子を産んだ人が羨ましかった。

――またね。

最後に男の子は可愛い声で私にそう言った。

「おはようございます、お嬢様。よくお眠りになりましたか？」

クロエがカーテンを開け、眩しくて目を細める。

アレスティスといるといつも朝か夜かわからなくて、つい寝過ごしてしまうことが多かった。

アレスティスは体内時計がきちんとしているのか慣れなのか、朝は大抵同じ時間に起きていた。

昨日見送ったばかりなのに、もうアレスティスとともにいた頃のことを懐かしく感じる。

「クロエ……とても素敵な夢を見たの」

「それはよかったですね。どんな夢ですか？」

洗面器に水差しからお湯を注ぎながらクロエが訊ねた。少し考えて、どんな夢だったか思い出そうとしたが思い出せなかった。

「さっきまで覚えていたのに……思い出せないわ。でも、とても幸せな夢だったの」

「まあ、そういう時もありますよね。さあ、お支度ができたら朝食を取って出発しましょう。ご実家までは馬車で三日はかかりますから。早いうちに次の町まで行かなくては」

「そうね」

クロエに急かされ、身支度を整えてから朝食を取ると、私は三か月近くを過ごした家をあとにした。

夢のような日々だった。アレスティスに抱かれ、アレスティスと語らい、ともに過ごした日々。

もし彼の前に立って面と向かって拒絶されたらどうしようと不安を抱えながら、この地にやってきた。

それも今は遠い昔のようで懐かしい。

彼との思い出に浸って無口になった私を、クロエはただ側で見守ってくれていた。

★　☆　★

ほぼ兄弟といってもいいほど仲の良かった親友ルードヴィヒが、領地に引きこもっている自分を初めて訪ねてきてくれた。

「久しぶりだね、アレスティス」

「ああ、本当にな。ルードヴィヒ」

これまでの疎遠な状態が嘘のように、二人で固く抱き合った。家族からも離れ、この地に逃げるようにやってきた。

最初の頃、彼から何度も手紙が来ていたが、封を開けることもせず放置していた。

執事が「捨てておけ」と言った言葉をきかず、ずっとそれらを保管してくれていたのを知ったのは、彼女が来るようになってからだった。

「すまなかったな、ルードヴィヒ」

「何のことだ？　こうして会ってくれるようになったじゃないか」

手紙を放置していたことを詫びると、彼は肩を竦《すく》め、相変わらず飄々《ひょうひょう》とした感じで微笑んだ。

音信不通をなかったことにし、自分たちの仲は以前と変わらないと言ってくれているのだ。

その意を察し、静かにもう一度彼を抱き締めた。

「君が友達でよかった」

「それはこちらの台詞《せりふ》だ。今日は君に素敵な報告をしに来たんだ」

「素敵な報告？」

「ああ、ヒルデが遂に結婚を決意してくれた」

満面の笑みをたたえて友人が言った。

「君が教えてくれた方法でヒルデの兄上の症状が改善された。まさか食べ物に対するアレルギーだったとは思いもよらなかった」

ルードヴィヒにはずっと思いあっている女性がいた。その女性、ヒルデガルドと彼はいい夫婦になれると思っていたが、彼女には長年病を患っている兄がいた。どんな医者に診てもらっても、どこが悪いかわからなかった。

そのうちに心の病も発症し、ヒルデガルドは兄に代わって家を継ぐために、婿養子を迎える必要があった。

子爵家を継ぐルードヴィヒとは添い遂げられない。

そんな折、魔獣討伐で出会った他国の戦士が、彼と同じような症状を患っていたことがわかった。

彼から聞いたことを手紙に書いてルードヴィヒに知らせた。

「今はずいぶん症状が軽くなっている。あれこれと生活の環境を整えているところだ」

「よかった。君が幸せになって嬉しいよ」

「それからマリールイザも妊娠していることがわかった。それも君が教えてくれた方法を試した結果だ」

兄しかいない自分にとって、マリールイザは姉のような存在だった。今は自分の兄にも妻がいて、姉と慕う存在は増えた。

「全部君のおかげだ」

討伐で色々なものを失ったと思った。多くの仲間の命。光。

だが、そこで出会った人との縁が、こうして自分の大切な人たちの幸せに繋がったのなら、あの日々も報われるというものだ。

「結婚式には来てくれるんだろう？　それからマリールイザの子どもが生まれたら、きっと名付け親になってくれと言われるんじゃないかな」

その誘いには心惹かれるものがあったが、すぐには返事ができなかった。

「まだ少し先だから、考えておいてくれ」

躊躇《ためら》ったのをルードヴィヒも気付いて、返事を急かすことはしなかった。

「ご両親もさぞお喜びだろう」

ルードヴィヒの両親、サリヴァン子爵夫妻のことを思い浮かべる。

でも、一番知りたいのは彼女のことだった。

「メリルリースは……彼女も、さぞ喜んだだろう。優しい子だから」

浮かぶのは五年前の彼女ではなく、なぜかクロエの姿だった。妹のように大切に思っていた彼女と、何度も体を繋げた彼女の姿が今では一つになっている。

「メリルリース……」

ルードヴィヒの口調がなぜか重い。それはどういう意味なのか、測りかねてその先を促すことが躊躇《ためら》われた。

「もちろん喜んでくれたよ。僕たちの大事な妹が、僕やマリールイザが幸せになるのを喜ばないわけがない」

「そうか、そうだな。それで、彼女はどうしている？」

勇気を出して訊いてみた。元気にやっているんだろうか、それとも誰かと婚約でもしたか。ルードヴィヒの口から聞きたい言葉は何だろう。

「元気は元気、元気すぎるくらいだ。いつまでも小さい頃のままだと思っていたが、意外に芯が強くて大胆なことをする無鉄砲さがあると知り、驚いている」

意味深な言葉に仮面の下の目を細める。それはどういう意味だろう。

その言葉に対する自分の反応をルードヴィヒがうかがっている。

「メリルリースが大胆？　それはどういう……」

「あの子の初恋の相手が君だってこと、気付いていたか？」

私の質問には答えず、逆に質問された。

「何となくは……身内以外で一番近くにいた異性が私だったこともあるだろう。だが、初恋は初恋だ。恋に恋する少女のあどけないものだ」

「黒髪に緑の瞳。眉目秀麗で勉強も剣術も一目置かれるほどときて、恋心を抱かないはずがないよな。しかも実の兄より可愛がってくれるんだから」

「なんだそれは……お前にそんな風に評価してもらって嬉しいよ。だけど、私はそんなに立派な人間ではない。失敗もする。怖気づいて逃げ出す弱虫だ」

イアナとの結婚式ではメリルリースは今にも泣きそうだった。本意ではないが結果としてそうなった。

「完璧な人間などこの世にいないさ。誰もが羨むものを持っていたとしても、それがその人が欲しかったものとは限らない」

「今の私がまさにそうだな。光を失い、闇の中でしか生きられない」

「でも、その中でも君は、君だけの光を見つけたのではないのか」

まるでクロエの存在を知っているかのような口ぶりにどきりとする。

「勘だけど。僕に会おうと思ったのは、何か心境の変化でもあったのかと思ったから」

こちらの動揺を悟ったかのように、彼は付け加える。

「間違いではない。私は……そう、私だけの光を見つけた。その光が私をここまで引き上げてくれた」

「君にとっていい出会いがあったのなら、喜ばしいことだ。親友として嬉しいよ。僕たちだけが幸せになって申し訳ないと思っていた」

「仮にそうじゃなかったとしても、君たちが幸せになるのを見届けられるなら、それで満足だ」

やせ我慢でもなく、心からそう思った。そこに嘘はない。

私の言葉を聞いて、ルードヴィヒは一瞬目を見開き、激しく瞬きをしてからしばらく無言で俯いていた。

「まいったな……君たちは……どうしてそんなに似ているんだ」

次に顔を上げた時、彼の目に微かに光るものが見えた。

「君たち？」

心の奥にあった疑惑が表面に浮き上がってきた。

心臓がどきどきと早鐘を打ち、掌がじっとりと汗ばむのがわかった。

まさか、ルードヴィヒは彼女のことを知っているのか。

自分のために誰か慰めてくれる相手を探していたのはアーチーだけだ。

サリヴァン家のドリスはアーチーと仲がいい。アーチー一人だけで自分が気に入る相手を見つけられなかったとしたら、ドリスに相談した可能性がある。

そしてドリスはルードヴィヒに……自分とルードヴィヒとの仲を知っているドリスが、女性の好みについて質問したかもしれない。

「ルードヴィヒ、聞きたいことがあるのだが」

ごくりと唾を呑み込む。

「メリルリースは今……」

ピクリとルードヴィヒの頬がひくついた。直接聞いても、ルードヴィヒは教えてくれないような気がする。

「いや……クロエという名の女性を知っているか？」

「クロエ……？」

ふむと、顎に手を当ててルードヴィヒはしばらく考えるそぶりを見せた。

「特に珍しい名前ではないが、僕の知っているクロエという女性は一人いる」

「知っているのか」

「年はマリールイザと同じで、マリールイザの乳母だった女性の娘がクロエという名前だった。彼女の夫も魔獣討伐に参加して、数年前に亡くなった。今は我が家に戻ってメリルリースに仕えてくれている」

なぜそんなことを突然訊くのか、ルードヴィヒは口にしなかった。

そこに答えがあった。

第七章　解き放たれる呪縛

何も知らせず、突然帰宅した私を、家族は驚きとともに出迎えてくれた。

両親は怒っているのか泣いているのか、五体満足で帰ってきた私を抱き締めた。

「一番大人しいと思っていたお前が、実は一番破天荒《はてんこう》だったとはな」

私の大胆な行動に父様は苦言を述べた。

「いくら仲良しだった従姉《いとこ》のイアナが亡くなってショックだからって、急に旅に出るなんて」

どうやら兄は両親に、私の突飛な行動はイアナを亡くしたのを悲しんだ、衝動的なものだと説明していたらしい。イアナが恋人との逢瀬に私をカモフラージュに使っていたため、よく二人で出かけていたからそんな風に受け取めてくれたみたいだ。

そしてそこで酷い風邪を引いて連絡もできなかったようだと説明してくれていた。クロエが文字の読み書きができなかったのも、連絡が遅くなった要因だとも。私の潰れた声を聞いて、二人は号泣した。

「ルードヴィヒがあなたに会った時には元気になっていたそうだけど、体は大丈夫なの？」

兄は王宮で土木建築の仕事に携わっている。視察で地方を訪れてクロエに偶然出会い、私のことを知ったことになっていた。

「もうあの天使の歌声が聴けないのね」

母様は兄とヒルデガルドの結婚式で、もう一度私の歌が聴けると思っていたみたいだ。

「歌声がなくても、メリルリースは私たちの大切な末っ子だ。よく無事に帰ってきてくれたな」

それでも最後は温かく迎えてくれた。兄の説明をどこまで信じたのかわからない。両親は心配させたことを責めはしたが、私が無事に戻ったことで水に流してくれた。

「そうそう、マリールイザに赤ちゃんができたって聞いたわよね」

「ええ、お兄様から」

「まだ少し悪阻《つわり》が酷いみたいなの。治まったら会いに行ってやって」

姉の夫であるベニクスト伯爵も赤ちゃんの誕生を心待ちにしていて、今から子ども部屋を整えたりと大忙しだそうだ。

「ねえ、アレスティスを覚えてる?」

アレスティスの名前を聞いてどきりとした。顔に出ていなかっただろうか。

「もちろん……覚えているわ」

「もう一人のお兄様と呼んで、ルードヴィヒよりも懐いていたものね」

小さい頃の私を思い出しているのだろう。母様が遠い目をして言った。

「彼が討伐遠征でお知り合いになった他国の方から色々な話を聞いてこられてね、マリールイザが不妊で悩んでいるとルードヴィヒから聞いて、子宝に恵まれる知恵を授けてくれたそうなの」

「お兄様から聞いたわ。ヒルデガルドのお兄様の病気も、それで良くなったとか」

「そうなの、それでようやく二人も結婚できるわ。彼女も苦労した分、ルードヴィヒと幸せになってもらいたいわ」

「とにかく、我が家はアレスティスに大変世話になった。寄宿学校に入ってルードヴィヒと学友になってからはよく我が家に遊びに来てくれていた。向こうは侯爵、こちらは子爵で爵位もあちらが上だが、私も彼をもう一人の息子のように思っていた」

父様母様が頷きあう。兄の友人の中でもアレスティスは群を抜いて際立っていた。

「イアナと結婚して我が家と親戚になったのも縁だと思っていたが……新婚早々五年も離ればなれになった上に、イアナがあんな風に亡くなって……その上彼も討伐遠征で怪我を負ってしまって……」

イアナが亡くなった時、彼女が誰といたのか知らない父様は、イアナとアレスティスに起こった悲劇を嘆いていた。

すぐ横にいる母様を見る。母様もイアナの死やアレスティスの怪我については父様と同じように思っているようだが、イアナが夫が死と隣り合わせの魔獣討伐に赴いているというのに、密かに夫以外の男性と通じていたことは知っている。父様ほどは若い夫婦に起こった悲劇を美化していないようだ。

「アレスティスは領地の屋敷に引きこもっていたらしいけれど、彼のお母様がもうすぐ首都へ戻ってくるとおっしゃっていたわ」

私より先に出発していたが、彼が首都へ戻ったことはまだ広まってはいないらしい。

「彼も大変だね。後遺症が残っているのだろう？　あれほど若くして将軍職にまで登りつめたのに、イアナも亡くなっているし、一体領地で何を思って暮らしていたのだろう」

ほんの少し前まで一緒にいた私としては、「彼はまだイアナを忘れていないみたいだが、今は後遺症ともうまくやっているし、不遇を嘆いてもいない。ちゃんと今でも体を鍛え、日々を過ごしている」と言いたくなった。

「本当に……ご両親やお兄様がいらっしゃるけど、できれば近くで彼を支えてくれる女性がいると、ずいぶん救われるでしょうね」

「我々は彼に多大な恩がある。何か力になれればいいが……」

「彼は後遺症なんかに負けないで、ちゃんとやっていけるわ。目だって灯りが毒なだけで、何も見えないわけではないもの」

側で見てきた私は、彼がいつまでも引きこもっている人ではないと知っている。

両親は私の確信を持った意見に驚いている。

「驚いた……まるで彼が今どうしているか、見てきたような言い方だな」

「本当に……アレスティスの症状のこと、ルードヴィヒに聞いたの？　よく知っているわね。私たちも後遺症があるということしか知らないのに」

ついむきになって反論してしまった。不思議がる両親の顔を見て慌てて付け加える。

「そう、そうなの……旅先で会った時にね……ほら、お母様もさっきおっしゃったでしょ。彼は私にとってもう一人のお兄様みたいなものだもの、気になって」

「そうね……イアナとの結婚式でもマリールイザと一緒に付添人まで務めたし……心配よね」

「結婚式といえば、ルードヴィヒとヒルデガルドが式を挙げて、マリールイザのお産が終わる頃にはメリルリースも二十一歳だ。社交界に出てもう五年目になるわけだが、そろそろお前も婚約くらいしてもいいのでは？」

「え！」

雲行きが怪しくなったのを悟って腰が引けた。兄が危惧していた展開になりつつある。

「お父様のおっしゃるとおりよ。旅先でいい出会いはなかったの？　それともどなたか気になる人はいないの？」

母様も一緒になって質問してくる。

「いえ……私はまだ………それに私なんて……昔から太っていて、イアナやお姉様に比べたら全然みっともない」

「何を言っている。私たちの娘がみっともないわけがないだろう」

「そうよ、メリルリース。イアナやマリールイザと同じではないからといってみっともないだなんて、そんなことはないわ。あなたにはあなたの素晴らしいところがあるのよ」

二人は口々に言いつのった。

「あなた、教えてあげて、この子がいない間、私たちが夜会で年頃の貴公子の方々に何て声をかけられていたか」

「そうだ、お前が夜会に出ずに私たちだけで出席すると、皆、メリルリース嬢はどうされているのか、従姉《いとこ》のイアナ殿が亡くなってどれほどお心を痛めているか、ぜひお慰めしたいだの、何か贈り物をしたい、中には私たちに結婚の承諾をもらいたいという者もいたのだぞ」

「それ、本当に私のことをおっしゃっているのですか？」

父様と母様が一生懸命話をしてくれるが、私には一向に響かない。

これまでも夜会には出たことがあるが、そんなことを言われたことはない。声を掛けてくる男性もいたが、彼らの誰かと話そうとするとイアナが近寄ってきて、こんなことを言っていた。

「私がみっともないから、からかいに来てるって……だから彼らの言うことを真に受けてはいけない。お父様やお兄様が私を誉めても、それは家族の贔屓目《ひいきめ》だと」

「だ、誰がそんなことをうちの子に……あなたがみっともないだなんて……マリールイザもあなたもそれぞれに違う美しさがあって、同じでないからといってあなたが美しくないことにはならないわ」

母様はあまりのことに怒りに震え、みっともないと言われ、ショックを受けている。

「ルシンダの言うとおりだ。マリールイザもお前も自慢の娘でともに美しい。身内だとか親だからとかではない。一体全体、どうしてそんな考えになるのか……」

「そんなことをずっと思っていたの？　どうりでおかしいと思っていたわ。何を着せても何だか浮かない顔をするし、男性に誘われても嬉しそうでないし……」

それは彼らがアレスティスではなかったからで、誰でも彼と比べてしまって勝手につまらなそうにしていたせいもある。

「まさか……イアナ？」

母様が何か思い当たることがあるのか、恐る恐る訊ねる。

「何を言うんだ、イアナのはずがない。あの子はマリールイザやメリルリースとずっと仲が良くて」

「でも、あの子は年上のマリールイザにも時々威圧的でしたわ。私たちの前ではメリルリースを妹のように可愛がっているように見えましたけれど、もしかして騙されていたのかも」

母様はイアナの事故の真相を知っている。表向きはいい子に振る舞っていたイアナの陰の部分に気付いたのかもしれない。

「ルシンダはそう言うが、どうなのだ？」

「イアナは猫を被っていましたよ。それも見事に使い分けていました。猫を被っている自分と被っていない自分を」

「ルードヴィヒ」

「お兄様……」

私たちの話に帰宅した兄が入ってきた。

「お帰り、メリルリース……そろそろ帰ってくる頃だと思っていたよ。父上、母上、ただいま帰りました」

後ろに付いてきた使用人に帽子と手袋を預け、帰宅の挨拶をする。

「ルードヴィヒ……今のは……イアナは人によって見せる顔を変えていたというのか」

父様が兄に訊ねる。叔父である父は姪にあたるイアナと接点がない。常に誰か他の人が一緒にいて、二人きりになったこともなく、直接会話したこともおそらくない。

母様も同じようなものだ。大抵は姉であるイアナの母が側にいて、父様よりは言葉を交わしたことがある程度だ。

「年も近かったですから、よく従兄妹《いとこ》同士で遊ばされました。彼女は伯爵家の娘で私たちは子爵家の子ども。彼女の中では明らかな身分に対する差別意識が見えた」

これまで兄がイアナについてどう思っているかを聞いたことはなかった。

兄の目に映っていたイアナがどんな人物だったか私も知らない。

「それでもマリールイザは年上で、簡単にはイアナの言いなりにはならない。私は私で男ということもあり、彼女には扱いづらかったと思う。でもメリルリースは……イアナより年下で幼くて無垢《むく》で……簡単に操ることができたんじゃないかな」

「やだ……ルードヴィヒ……それじゃあまるでイアナが全部計算づくで動いていたみたいに聞こえるわ。彼女は私たちを欺《あざむ》いていたということ？」

「私も十歳から寄宿学校だったから、私が帰省する時に必ず我が家にイアナがいるとは限らなかった。せいぜい片手に収まる程度の回数しか顔を会わせなかったと思う。姉上も社交界に出た後は色々別の付き合いもあったし、一番近くにいたのはメリルリースだろう。よく彼女に泣かされて庭に隠れていたみたいだ」

そんな時、アレスティスは私を庭まで探しに来てくれた。

兄も探してくれたが、見つけるのはいつもアレスティスが先だった。

「もっとも私も女の子同士のことはよくわからなかったから……イアナの性格が歪んでいると感じたのは大人になって、アレスティスと結婚が決まった頃かな」

「ルードヴィヒの言うことは本当か？　イアナがお前に何かしたのか？」

両親と兄の三人に真正面から見つめられ、私は頷くしかなく、肉体的に何かされたことはないと前置きして、イアナとのことを話した。

彼女が私に浴びせた言葉。髪も目の色も地味で根暗で華やかさの欠片もない。どんなに頑張ってもイアナのようには痩せられず、いつまでたってもおでぶな子。

本当はイアナが目当てで、私と彼女が従姉妹《いとこ》だから男の子が近付いてくるのだ。もしくは甘い言葉を囁《ささや》いて私がその気になるかどうかを仲間内で賭けているのだ。本気にするな。私はイアナに繰り返しそう言われた。

「……なんてこと……」

「ルシンダ」

母様は姪の真実の姿を知り、軽く眩暈《めまい》を覚え、傍らの父様に倒れかかった。

アレスティスとの結婚のいきさつも、その後の彼女の行動もまだ伝えていないが、これ以上は母様には刺激が過ぎると思い口をつぐんだ。

それに今さらそれを知ったところで、イアナはすでに土の中。亡くなった人のことをこれ以上とやかく言っても、過去は取り戻せない。

イアナがどんな罠を仕掛けようと、彼女を妻にと決めたのはアレスティス自身。彼女が理想の妻だった事実は変わらない。

それに、私もイアナのことばかりを悪くは言えない。

アレスティスからイアナへの手紙を処分したのは私だ。それだって充分罪深い。

「メリルリース……これだけは信じてちょうだい。イアナの言ったことはすべて嘘よ。あなたは醜くもみっともなくもない。あなたはイアナとは違う魅力に溢れている。イアナのようでないからといって、あなたが素晴らしくないわけではないわ」

「そうだよ。君は私たちの自慢の娘だ。マリールイザもルードヴィヒも、皆、それぞれ違ってそして素晴らしい」

父様と母様が私の手を握り交互に抱き締めてくれた。

でも私は二人の子どもとして……貴族の子女としては失格です。私のしたことはイアナと同じ。娼婦の真似事をして何度もアレスティスに抱かれました。もう誰の元にも嫁げません。

二人に抱き締められて涙する私の手を横から兄が握った。

私の心に浮かんでいる背徳感を理解している顔だった。

「私ももっと早く気付くべきだったよ」

「いいえ、お兄様……私が悪いの。私も誰かに相談するか、イアナに反抗する気持ちがあったら……」

「父上、母上……メリルリースも長旅で疲れているみたいだ。そろそろ解放してあげよう」

「まあ、そう、そうね……お風呂の用意をさせるわ。今日はゆっくり休みなさい」

兄が言って父様も母様も私が疲れているだろうと気遣ってくれた。

「そうだわ、明日、一緒にお買い物に行きましょう。あなたに似合う新しいドレスも買って、最近できた素敵なカフェがあるの。それにマリールイザの赤ちゃんに必要なものも買いましょう」

「ルシンダ……まだ男か女かもわからないんだから……それに伯爵家でも色々用意しているだろうし」

「何を言ってるの、ロイド、私たちにとっても初孫なのよ。それに子どもはこれからどんどん増えるわ。ルードヴィヒだってメリルリースだって」

母様が私が結婚して子どもを産むことを期待している。それは当然のことだ。

だがそれに応えられないことを私は知っている。

「本当に疲れているみたいね……早くお風呂に入って休みなさい」

私の表情が曇ったのを見て母様が言った。

「メリルリース……私たちは皆、あなたを愛しているわ」

「私もだよ」

「私もだ」

立ち上がって部屋を出ていく私に、三人が愛情のこもった声で言った。

「私もよ……お父様とお母様の子どもに産まれてよかった。お兄様の妹でよかったわ」

三か月ぶりに自分の部屋に入ると、クロエがすでに荷解きを終えて待っていてくれた。私付きのメイドのアメリとシャロンもいる。

「お嬢様、お帰りなさいませ」

「ただいま、アメリ、シャロン」

二人に声をかけ、クロエに視線を移す。

「お話は済みましたか？」

「ええ……クロエ、色々とありがとう、あなたも疲れたでしょう、あとはアメリたちにやってもらうから、あなたももう休んで」

「承知しました……あの、お嬢様」

頭を下げて部屋を出ていき掛けてからクロエが声をかけた。

「どうしたの？」

「お嬢様は……私に黙って出て行かれたりなさいませんよね。もし出かけるなら、私にも声をかけてください」

「クロエ……」

クロエは私が密かに修道院へ行こうとしていることに気付いているのだろうか。それらしい素振りは見せていなかったと思うが、もしかしたら疑っているのかもしれない。

「クロエさんばかりずるいです。次は私も連れていってください。私もあちこち旅してみたいです」

「アメリを連れていくなら私も。私だって……」

アメリとシャロンがクロエの言葉を聞いて身を乗り出してきて、重苦しい雰囲気を吹き飛ばした。

「アメリ、シャロン……もし行くなら私たちはお嬢様のお世話をするためについていくのよ。あなたたちが楽しむためではないわ」

クロエが窘《たしな》めると、二人は口を尖らせた。

「だって……」

二人同時に同じ顔をするので、思わず噴き出した。

「わかったわ。次にどこかへ行く時は連れていってあげる」

「本当ですか、お嬢様！」

「きゃあ、ヤッター。約束ですよ、お嬢様」

二人が飛び上がって喜ぶ。

「ほらほらあなたたち、お嬢様の湯浴みのお手伝いがあるでしょ、早くしないとお湯が冷めちゃうわよ」

「はあい」

二人はクロエに言われてさっさと仕事に戻った。

「あれ、お嬢様……何かにかぶれたのですか？」

二人に入浴の世話をしてもらっていると、アメリが体に付いた赤い斑点に気付いた。もう四日は経つのでうっすらとしか残っていないが、もともと肌が白いので案外目立つ。

アレスティスが付けたその印を見て彼を思い出した。胸が苦しくなり、下腹部の敏感な部分が疼《うず》いた。

「気付かなかったわ……痒くないから大丈夫よ」

こうやって痕が消えていくように気持ちも消せたらいいのに。

「後でお薬を塗りましょうか？」

「ありがとうシャロン……でもいいわ」

お風呂を終えて部屋着に着替え、一人になって微睡《まどろ》んでいると、母様が一人でやって来た。

「ちょっといいかしら？」

「母様……」

「さっきはお父様やルードヴィヒもいたから……眠くなるまで女同士でお話しない？」

女同士で……その言葉にどきりとした。女として、母様は何か気付いているのかもしれない。

「どうぞ」

寝台の上に起き上がり、母様を手招きする。

寝台の端に斜めに腰掛けて、母様はしばらく何も言わずに私を見つめていた。

「あの……母様……」

母様の目から一筋涙が流れた。ぎょっとして固まっていると母様はひと言、ごめんなさいと呟いた。

「母様……」

「親失格ね。あなたがイアナからずっとそんな扱いを受けていたなんて……すっかり騙されてあなたが傷ついていることに気付かなかったわ……本当に酷い母親ね」

「そんな……泣かないで……」

はらはらと涙を流す母様にどうしたら泣き止むかとおろおろしていると、母様がぎゅっと私の手を握ってきた。

「リー……」

それは小さい頃、まだ舌足らずな私がメリルリースという自分の名前を言えなかった時、母様が呼んでくれた名前だった。

「本当のことを話して……本当はどこで何をしていたの？　イアナを亡くしたことが原因で旅に出たなんて嘘でしょ。さっき聞いた話が本当なら、それが理由で旅に出るのはおかしいもの」

母親の勘か、意外に鋭い。

「それに……あの人は鈍感だから気付かなかったと思うけど……」

ぐいっと母様は私を引き寄せ、二人きりの部屋なのに耳元で囁《ささや》いた。

「あなた……誰か男の人といたんじゃない？」

「え？」

「三か月前とは明らかに違うわ……あの人は何か違うなぁ、綺麗になったなぁ、メリルリースもそういう年頃か、としか思っていないけれど、そのだだ漏れの色気……まさかあなた……もう……」

背中を冷たい汗が流れた。冷水を浴びせられるとはまさにこのことだ。

「え……な、なんの……」

「母親としては失格だけれど、女の勘はあるわ。もしかして……無理矢理」

「ち、違うわ！　私から……」

「やっぱり」

簡単に誘導尋問に引っ掛かった。自分の不甲斐なさに腹が立つ……

「あの……ちが……これは……」

「世間知らずのあなたがいきなり旅に出るなんて……どこか男性の元に行っていたの？　クロエに聞いてもきっと教えてくれないわ。あの子は昔から母親と同じで口が堅いもの」

クロエの性格を知って、母様は直接私に探りを入れに来たようだ。

「私の可愛い末娘は、私が知らないうちに、そんなことを……相手は誰？　あなたを騙して家から連れ出して……そして捨てた酷い男は誰？　その声もそれが原因？　もしかして奥様がいるような人と」

「違うわ！　信じて母様……私は騙されてなんかいない。騙したのはむしろ私……彼は悪くないわ、私が押し掛けたの」

「あなたを弄《もてあそ》んで捨てた男をあなたは庇うの？　どこまでずるい男なのかしら。年頃の未婚の娘をおもちゃにして、飽きたら捨てるなんて、酷い男ね」

「違うわ！　彼はそんな人じゃない。傷ついて苦しんでいる彼のところに私が押し掛けたの、無理矢理じゃない、全部私がやったことなの、私が彼を騙して」

「傷ついて……まさか……アレスティス？」

私は母様の誘導尋問に見事にひっかかり、アレスティスとのことを打ち明けざるを得なくなった。

もちろん私と彼がどのように過ごしていたのか、細かいところまでは伝えていない。

母様はアレスティスが私の初恋の人だと知っている。大きくなってからも、もしかしてと思っていたようだ。彼がイアナと結婚してからは何も話さなくなったので、とっくに諦めていたと思っていたらしい。実は密かに今も思い続けていたことを知って驚いていた。

「あなたがそこまでアレスティスを思っていたなんて……」

父様や兄、叔父といった身内を除けば一番近くにいた異性がアレスティスだった。黒髪に新緑の瞳、寄宿学校でもその優秀さが際立っていたこともあり、少女が憧れるには十分な存在だった。

彼が魔獣から受けた傷を治療する望みが生まれ、今回首都へ戻ってきた経緯を知り、母様は彼が私を捨てたりしたわけではないと納得はしてくれた。

「彼が苦しんでいる時に側にいて、それがなくなったらあなたが身を引くの？　……アレスティスなら、あなただとわかれば見捨てるようなことはしないはずよ。どうして彼を信じてあげないの」

納得がいかない様子の母様が疑問を投げ掛けた。

「彼は今でもイアナを愛しているの。彼が私を受け入れたのは私がイアナと全く違うから……彼女を思い出さなくて済むからなの。傷ついた彼にはそれがよかった」

自分で言っておきながら心が痛む。逆立ちしたってイアナのようにはなれない。どんなに痩せようと努力をしても、思うような成果が得られない。

髪を染めることも考えたが、そこまでして彼が受け入れてくれなかったらと考えると、怖くてできなかった。

「でも、彼が目を治して再び太陽の下に戻ったら、体の傷も心の傷も治ったら、彼はきっとイアナに似た人を求めるわ。それは私じゃない。私が……彼に捨てられるのが怖くて、先に逃げたの」

私の話を聞いて、母様は黙り込んだ。アレスティスの人柄を知っている母様は、すべてを知った彼が私をそのままにしておかないことはわかっていた。

でもそれは私が払った犠牲に報《むく》いるだけだ。私の思いばかりが強く、彼が私に妹以上の感情を抱けなかった場合、彼を縛りつけるだけだ。

さらに彼がイアナを愛していたなら、いずれ彼女とよく似た女性を好きになるかもしれない。その時、私が側にいては彼が苦しむだけだ。それは私の望みではない。

「あなたの気持ちはわかったわ。女性として、あなたは彼にあなたの精一杯を尽くした。悔いはない。それでいいのね」

母様の言葉に私は静かに頷いた。

「でも、アレスティスは待っていてほしいって言ったのよね？　なら脈はあるのではなくて？　ここまでずっと一緒に過ごしてきて、嫌ならとっくに見限るか、首都へ戻るのを機に関係を絶つことだってできるのに、彼はあなたを繋ぎ止めようとしていたのでしょ。お金で買える女としか思っていないなら、そこまではしないでしょ？」

母様はまだアレスティスに望みを抱いている。

「母様のおっしゃることは理想よ。でも、目が治ったアレスティスが同じように考えるとは限らない。私は……まだ怖いの……面と向かって彼に拒絶されるのが……」

「リー……私の可愛い末っ子……そこまで誰かを愛せるあなたが幸せになれないはずがないわ。彼への気持ちがあなたをここまで導いてくれたのなら、このことは決して無駄ではない。だから我慢しないで泣きなさい。気が済むまで泣いて、そしてあなたらしい幸せを見つけましょう」

アレスティスを思って涙を流す私を母様は黙って抱き締めてくれ、私は泣きながら眠りに落ちた。


翌朝、母様は気分転換にでも、と私をカフェに連れ出した。そこは私が首都を離れている間に営業を始めていて、またたく間に貴族や著名な文化人が利用するようになった店だった。

「アレスティスのことは……できれば結ばれてほしいと思うけれど、あなたが言うように彼がイアナのような女性を理想だと思っているなら、あなたには難しいわ。でも、だからって、これからの人生を諦めるにはあなたは若すぎる。アレスティスが理想なのはわかるけど、女は愛されて望まれる方が幸せになれる。あなたがいいと思う男性を探せばいいの」

そこへ従業員の女性がお茶とケーキを運んできた。

「でも私は……アレスティス以外の男性は……」

「今すぐとは言わないわ。でも、最終的にいい人がいなくてもいいの。色々な可能性に目を向けてほしい。もちろん条件は厳しいわ。あなたはもう……わかってるわね」

母様の言葉は私を思ってのことだとわかる。アレスティスしか見つめてこなかった私に、彼以外の人を好きになることができるか確証はない。それでも無理だと決めつけて何もしないのはかえって彼を諦めきれないことだと思い至った。

私はすでに純潔を失っている。そのことが足枷になることもわかっている。

「ずっとイアナの言葉に翻弄されてきて、急には無理でも……」

「もしかして、サリヴァン子爵令嬢では？」

聞き覚えのある声がしてそちらを見ると、舞台役者のジャン・ベナートが数人の人たちとともにやってきたところだった。イアナと彼の舞台を観に行った時のことを思い出す。

「ここで会えるとは……お兄様には夜会でお会いしたのですが、お話は聞いていただけましたか？」

肩の辺りまで伸びた金髪の巻き毛と紫の瞳に甘いマスク。無駄な贅肉のない均整の取れたすらりとした体。戦士とまではいかないが、体を張って仕事をしているのがわかる。彼は友人を先に行かせると、恭《うやうや》しく私の手を取り、甲に深々と熱く口付けた。

「メリルリース……こちらの方は……」

「失礼いたしました。もしかしてサリヴァン子爵夫人でいらっしゃいますか？　私はジャン・ベナートと申します。オリガー劇場専属の役者をしております」

恭《うやうや》しく跪《ひざまず》き、母様の手にも軽くキスをする。

「あなたのことは存じ上げています。娘とはどういうお知り合いなのか訊ねているのです」

「以前、イアナ様と一緒に私が主演を務める舞台を観に来てくださって、楽屋にもお越しいただきました」

「イアナと？」

それが何を意味するか、母様にはわかったようだ。眉がぴくりと動いた。

「イアナ様のこと……お悔やみ申し上げます」

「ありがとう」

イアナの死を悲しんでいるように見えたが、彼は役者だ。どこまで悲しんでいるかまではわからない。母様もそう思ったのだろう。

「その……この前はごめんなさい。私にまで気を遣ってくれたから、あなたがイアナに嫌われたみたいで」

「いいえ……私はイアナ様にとって、その日の気分によって変えられるドレスや装飾品と同じ。いずれは見捨てられていたことでしょう。あなたが気に病まれる必要はありません」

意外にも彼はあっさりとしていた。それほどイアナに執着していないようだ。彼ほどの役者になると言い寄る女性もたくさんいて、日替わりで変わるのかもしれない。

「私も悪かったのです。支援者のイアナ様が目の前にいらっしゃるのに、あなたに目を奪われたのですから、彼女が怒るのも無理はないことでした」

「つまり、あなたは支援者であるイアナが横にいるのに娘に注目したということ？」

「面目もございません……役者としては、演技を貫き通すべきでした。すぐそこに理想の女性が現れたとしても、目の前の相手を誰よりも大切な人のようにお相手するのが仕事だというのに……役を忘れてただの男になっておりました。お嬢様があまりにお美しく……思わず本音を語ってしまいました」

ジャン・ベナートの言葉を聞いて、母様はほら見なさいというように視線を私に送った。

「まあ、さすが当代一の舞台俳優ですわ。思わず本気にしてしまいそうになりました」

母様の手前、私を誉めたのだろう。さすが役者だ。口が上手い。そう思って軽く流そうとすると、彼がすごく真面目な顔で頭を横に振った。

「いえ……本心ですよ。私のような者が、本気で子爵家のお嬢様とどうにかなるとは思っておりませんが、身分を問わないなら、あなたを私の本気の恋人にしたいと思いました」

彼はどこまでも真剣に語る。本当なんだろうかと思えてきた。

「亡くなった方のことをとやかく言うのはあまり褒められたものではありませんが、私とイアナ様はお嬢様が思っていらっしゃるほど、お互いに情熱を抱いていたわけではありません。私はパトロンが欲しかった。今は看板役者としてそれなりに支援者も多くなりましたが、人気商売ですからね。いつどうなるかわかりません」

「よろしければ、こちらにお座りになって」

母様が気をよくしてジャン・ベナートに席を勧める。

「いえ、連れが待っておりますので……」

「そうよ、母様、お引き止めしては……」

「今だけ娘の隣に座ることを親として黙認しますわ」

未婚の娘を持つ母様としては、ジャン・ベナートのような役者を娘に近づけたくないと思うのが普通だ。彼もそれを十分理解している。

未婚で、まして貴族階級の令嬢に対し、たとえ本気になったとしても添い遂げることは難しい。傷物にしたと家族に訴えられれば、あっという間に投獄されてしまう。

既婚者の女性ならまだ少しは世間の風当たりは緩くなる。

「それは……この機会を逃す手はありませんね」

彼は嬉々として私の側に腰を下ろした。

母様を軽く睨んだが、どこ吹く風といった様子で、ジャン・ベナートに詰め寄った。

「それで、イアナとは結局うまくいかなかったのね」

「お話ししたとおり、イアナ様にとって我々のような者は、ドレスや装飾品と同じ。飽きれば次の相手を探すだけです。売れない芸術家や文筆家、役者などが支援してくださる方と出会うためのサロンがあります。そこで才能のある人材を探す者もいれば、連れ歩くのにちょうどいい、その日暮らしの者を探す方もおりました」

「そんなところがあるとは聞いていたけれど……イアナはそこに？」

母様の問いにジャン・ベナートが頷いた。

「私もこうやって売れるようになるまでは、毎日のように通っていました。彼女もそこの常連でした。未婚の女性が出入りするのはあまりいい顔をされませんから、早く結婚したいと常々仰っていらっしゃいましたよ」

私はぎゅっと拳を握った。まさかイアナが結婚を急いでいたのは、それが目的だったのか。

そのためにアレスティスは利用されたの？

イアナがアレスティスと結婚したのは、純粋に彼のことが好きだからと思っていた。

ただ、少々気が多くて、彼一人では我慢できず、異性からの称賛を常に必要としているだけだと思っていた。

「お二人のお心を傷めてしまい、申し訳ありません。お身内のことをこんな風に言われるのは気分の良いものではありませんでしたね。私の配慮が足りませんでした」

母様の様子を見て、ジャン・ベナートが謝罪する。

「いいえ……あなたは真実をおっしゃっているのでしょう。かなり驚きましたが、あなたが謝る必要はありません」

母様は冷めかけたお茶をひと口呑んで、気を落ちつかせてから言った。

「お心遣い痛み入ります。イアナ様はサロンでも人気者でしたよ。何しろ支援者には、それなりに年齢を重ねられたご婦人も多く、若くてお美しいイアナ様が相手となれば、皆、喜んでお相手したいと言っておりました。もちろん奥方様のようにお美しくて可憐な方も、きっと人気者になるでしょう」

「あら、お上手ね」

「本心ですよ。舞台の上では架空の人物を演じますが、本当の私は好ましく思う女性の側にいるだけで幸せを感じる小心者ですから」

そう言って、彼は私の方に視線を向ける。

いたたまれずに私は俯いた。アレスティスとのあれこれで男性に免疫がついたと思ったけど、素の私はいまだに男性からの賛辞や視線に慣れない。

というか、慣れる時が来るのだろうか。

異性からの称賛を栄養にして美しくなるという人もいるが、イアナはきっとそうだったのだろう。

私はただ一人からの称賛があればいい。

「そういえば、この前久しぶりにそのサロンを訪れたんですよ」

ジャン・ベナートは何かを思い出したように話題をサロンに戻した。

「昔イアナ様に世話になった者が何人か集まっておりまして、自然とイアナ様のことが話題になりました。メリルリース嬢もお会いしたことがあると思いますよ。あなたのことを覚えている者もおりました」

「どなたでしょうか」

会うたびに相手が違っていたこともあり、覚えていない人もいる。

「詩人のクロードに作曲家のディラン、あとは彫刻家のルシアン」

「彼らなら覚えていますわ」

クロードはイアナの相手としては長続きした方だ。ディランは一度会っただけ。ルシアンと付き合いがあった時はもう一人と約束が重なって、イアナに遅れるからと彼に伝えて来てくれと頼まれてアトリエに足を運んだことがある。

「クロードはあなたに詩を書いたことがあったようですね。ルシアンはモデルになってほしいと迫ったとか」

「そんなこともありましたね」

花を添えて詩を捧げられたが、読む前にイアナに破り捨てられた。ルシアンには断っているところにイアナがやってきて、腹を立てたイアナが彼の作品を投げて割った。

「皆、私同様にあなたに関心を持った途端に切り捨てられたと言っていました。そのうち誰もイアナ様の前ではあなたのことを褒めることはなくなった。女王の逆鱗に触れることになるからと」

そんなことが陰で言われていたとは知らなかった。

「確かにイアナ様はお美しかった。ですが、美はどんな女性にも宿っているものです。イアナ様にない美しさをあなたに見出したとしても、それは芸術家の性というもの。美を求め、それを表現することを誰が止められますでしょうか」

「でも、それをイアナは許せなかったのですね。だから彼らはイアナに切り捨てられた」

「他にも理由があったかもしれませんが、私はそうだと思っております」

「あなたから見て、娘はそれほど魅力的に見えるのね。母としては誇らしいわ」

「もちろんです。明るい茶色の髪は艶やかで、まるで極上の絹のよう。ハシバミ色の瞳は穏やかで、温かみがあって……白く滑らかな肌にふっくらとした唇。そして均整の取れた完璧な肢体。以前よりももっとお美しくなられた。まさに今が花とすれば満開。芳《かぐわ》しい香りが匂い立つようです」

ジャン・ベナートがうっとりと私を見つめて言う。誉められ慣れておらず、居心地が悪そうにしている私を見て、彼はつい気持ちが高ぶってしまったと謝った。

「少々おしゃべりが過ぎました。今度新作の舞台のチケットをお母上の分と二枚送らせていただきます。ぜひ観に来てください」

そう言って彼は仲間の元へと去っていった。

★
☆
★

ルードヴィヒが帰ってから、しばらく一人で図書室に座り込んでいた。

私の様子をアーチーが心配していたが、もしかして彼も一役買っているのかと訊ねたい気持ちにかられた。

訊けばアーチーは白状するだろうか。

核心をつかずに話していたルードヴィヒと同じで、きっとうまく誤魔化されるような気がする。

それでも問い詰めれば彼と主従関係にある立場の自分が勝つとは思う。

訊けなかったのは、真実を知るのが怖いからだ。

もし、クロエがメリルリースなら、色々と合点がいくこともあるが腑に落ちないこともある。

初めて彼女を抱いた時、男慣れしていないとは思ったが、生娘特有の出血はなかった。

医者ではないので、人によってはそういうこともあるのかと思うが、もし、娼婦と偽ってここへ来るために誰かの手を借りていたのだとしたら……

それにあの声。わざと声音を変えていないなら、あの声はどういうことなのだろう。

あの愛らしかった声の片鱗すらない。

教会でソロを歌った神々しいまでの彼女の歌声が今でも耳に残っている。

大人しかった彼女が誰よりも輝いていたあの姿は、神の使いもかくや、と思ったほどだ。

もしかして自分が討伐に行っている間に、何か不慮の事故でもあったか、もしくは彼女の言うように病気か何かでああなったのかもしれない。

そして何よりも一番の疑問は、なぜ彼女がそんなことをしたのか。

からかっているにしては手が込みすぎている。第一、彼女は天地がひっくり返ってもそんなことをする人ではない。

もしかして……いや、それは自分に都合のいい解釈だ。自分が彼女に対してしたことを思えば、そんな夢みたいなことが起こるはずがない。

ずっと大事に持っていた絵姿を眺める。

これがずっと心の支えだった。

メリルリースの初恋の相手が自分だということには薄々勘づいていた。

兄のように自分を見つめていた瞳が、変化していたことに気付いた。

条件的には、自分と彼女が将来一緒になることに何の障害もなかった。

だが、自分はいずれ死地に赴く。それがいつかはわからなかったが、出征が決まった時、彼女はまだ十五歳になる手前だった。

待っていてほしいとは、とても言えなかった。

言えば彼女はいつまでも待つ。もし不幸にも自分が命を落としたら、すぐに誰か別の相手と婚約し直すようなことをするとは思えない。

それほどに彼女の愛情は深い。

手に入らないなら、最初から手に入れようとすべきではない。

偶然にもイアナが自分の子を身ごもったと言ってきて、するつもりのなかった結婚をすることになった。

メリルリースの思いを打ち砕いた自分が、今さらどんな顔で彼女に向き合えるというのか。

どうすべきか思い悩んでいるうちに、彼女から月のものが明けたと連絡が入った。

会いたい。最後にもう一度彼女に会って、彼女に触れたい。

これが最後だと思い、彼女を呼び寄せた。

数日ぶりに見る彼女は相変わらず美しかった。

ああ、どうして最初に気付かなかったのか。

すべての霧が晴れて先入観のない目で彼女を見れば、その瞳に、自分への思いがありありと映し出されていた。

新月の夜、外に出ようと自分を連れ出した彼女が、一生懸命に自分との関係を繋げようとしている姿に、喉まで出かかっていた別れの言葉を呑み込んだ。

かつて諦めたものが、手を伸ばせばそこにある。

最初、明らかに慣れていなかった彼女がどんどん大胆で扇情的になっていく様は、失いかけていた男としての自分の力と自信を呼び起こした。

戦場で、そして逃げ込んだここでも、ずっと心にあったのはメリルリースだった。

とっくに誰かの妻になったと思っていたが、彼女はこうしてクロエという娼婦の仮面を被って目の前に現れた。

思いがけなく自分の腕の中に飛び込んできた極上の宝物を、ずっと愛でていたいと思った。

でも、自分は真の意味で彼女を幸せにできるのか。

自分はこのまま一生闇の中に彼女を閉じ込め、彼女とともに生きられるなら悔いはない。

けれど、彼女は……かつて光降り注ぐステンドグラスが嵌《は》め込まれた教会で、凛と胸を張って歌っていた彼女の姿を思い出す。彼女は光の中にいるのが似合っている。たとえ彼女自身が闇の中にあろうとし続けても、そこに彼女の本当の幸せはあるのだろうか。

そんな時、首都にいる両親から届いた一通の手紙。

病に伏し、自分を呼ぶ母様。回復はしたが、今でも自分を待ってくれている。

こんなにも自分を愛してくれる存在に、自分は背を向けていた。

友も、家族も、そしてメリルリースも。弱い自分を誰も責めはしない。

自分はなんと多くの人に愛されているのか。

その思いに応えたい。

首都へ戻る前の一週間、彼女に昼も夜もともに過ごしたいと告げた。そして戻ってくるまで待っていてほしいと。

彼女が娼婦でないことはとっくにわかっていたが、最初に彼女が始めたこの芝居に最後までつき合おう。

もう悪夢は見ない。たとえ見たとしても、二度と苦しまない。

第八章　忘れられない面影

ジャン・ベナートと別れたあと、母様とクロエとともに何軒かお店を回り、新しいドレスを見立て姉への贈り物を買った。

買ったものは後で届けてもらうように店員に頼み、馬車で邸に戻った。

父様と兄はまだ帰宅する時間ではなかったので、二人が帰ったら起こしてほしいと言ってしばらく休むことにした。

シワになるので着ていた服を脱いでビスチェとズロースだけになり、髪も下ろして寝台に潜り込む。

いつもは夜出かける時以外は横になったりしないのだが、首都での人の多さと今日あった出来事に疲れきっていた。

ずっとイアナの言葉が私を苦しめていた。

イアナのようでないことに劣等感を抱き、そうなれない自分を嫌悪していた。

私はイアナと違う。でも決してそれは私が醜いことにはならない。母様は何度も私に言った。

私の美しさを見出してくれる人はたくさんいる。その人たちの中の誰かと歩む未来を考えるべきなのはわかっている。アレスティスとの未来がないからと言って、両親を悲しませてまで修道院へ行って、果たしてそれでいいのだろうか。

強くならないと……イアナが私にかけていた呪いが、これまで私を後ろ向きにさせていた。

でもイアナばかりが悪いわけではない。

どんなにイアナに自分を否定されても、それに抗う強さがなかったのだと、今では思う。

私はイアナではないし、イアナにはなれない。そのことを嘆くより自分を受け入れ、イアナ以外の人の言葉に耳を傾け、前を向くべきなのだ。

娼婦の振りをしてアレスティスの前に立った勇気を今一度奮い立たせ、今度はアレスティスがいない未来を考えていかなければ。

そう思えるようになったのは、家族の存在と今日あった出来事もあるが、私を美しいと言って何度も抱いてくれたアレスティスとの日々があったからだ。

「メリルリース」

優しく声をかけられ、揺り動かされる。すっかり日が落ちた薄暗い部屋の中でぼんやりと私を見下ろす人物は……

「アレスティス……？」

私の頭を撫でるその手がぴたりと止まる。

「残念だが違う……」

その人物は優しく答え、その瞬間、自分が今どこにいるかわかって覚醒した。

「お兄様」

がばりと起き上がり、目の前の人物の名を呼ぶ。兄は起き上がった私を見て、すぐに視線を逸らした。

「いくら兄妹でも、その格好はないんじゃないかな……」

「え……あ！」

言われて自分が下着姿だったことに気付き、慌ててシーツを体に巻き付けた。

「い、今何時？」

「もう九時だ。君はよく寝ていたから、起こさなかった。今日は母上と街へ出たんだってね。久しぶりの人混みで疲れた？」

「そうなの……それに色々とあって……」

「ジャン・ベナートに会ったって？　母上が教えてくれた。イアナとも付き合いがあったみたいだったと……いつもメリルリースが彼女と出かけていたのはそういう意味だったのかと、気にしていたよ。辛かったね」

アレスティスへの思いを兄は知っている。好きな人の妻が、夫の留守中に夫以外の男性と密会する場面に何度も立ち会わされた。その私の心境に同情の言葉をくれる。

「私も……嫌ならはっきりそう言えばよかった。イアナと喧嘩してでも彼女を諫《いさ》めればよかった。そうすれば彼女は今でも生きていたんじゃないかしら」

イアナに従うばかりでなく、逆らう選択もあったのに、私はイアナに対して委縮してしまっていた。

「そうだね……そうすれば少しは違っていたかも……ただ、イアナがメリルリースの言葉を真摯《しんし》に受け止めたとは思わないし、無駄になったかもしれないけど。今となってはどうしようもないことだ」

それから兄は私をじっと見て、本来の目的である用件を伝えた。

「アレスティスの治療が本格的に始まったそうだ」

それを聞いて、私は肩の荷が降りたような不思議な解放感を味わった。

「治療は魔術院で行われる。どんな反応が起こるかわからないからね。班を組んで昼夜を問わず監視をするようだ。面会は家族でも許されない」

「そんなに大変なの……痛かったりするのかしら？」

願わくば、彼には苦痛を味わってほしくない。体に受けた傷の数で彼がどれほど痛い思いをしてきたのかわかる。これ以上の苦しみを彼に与えたくない。討伐の出来事で苦しんでいた彼を思い出す。亡くなった彼の仲間に向けて歌った鎮魂歌《レクイエム》が彼の心を救えたと信じたい。だが、今回は私は何もできない。

「それは僕にもわからない。でも彼ならきっとどんな痛みも耐え抜くよ。それで、彼が治ったら、君はどうする？　このまま同じ貴族社会にいたら、会わないわけにはいかない。意図的に避けることはできても完全には無理だ。どこか彼に会わなくてすむところへ、家族からも離れて隠れ住むつもりだったんだろう？」

兄に確信を突かれた。クロエにもそれらしいことを言われ、もしかしたら母様もそう思ったのかもしれない。だからアレスティスとともに歩まない未来もあると、私に訴えかけたのだろう。

「実は……どこか山奥の修道院にでも行こうかと……でもお兄様とヒルデが幸せになるところも見たいし、お姉様の赤ちゃんも見たいと思ってしまって……」

「そういうことだと思ったよ。あそこにいる君に会いに行って、家族の明るい未来について知れば思いとどまると踏んで話してよかった」

兄のあの時の訪問にそんな意味もあったのかと驚いた。

「クロエがね、心配していたよ。もしかしてそうじゃないかって……君は思い詰めると突拍子もないことをするから」

そう言われてはぐうの音も出なかった。


「ごきげんよう、メリルリース嬢」

「こんばんは……ファルーシ様」

「私の名前、覚えていてくれたのですね」

「……ええ、この前の夜会でもお会いしましたから」

「ああ、なんて光栄な……あなたに名前を覚えていただけてたなんて」

目の前の男性、ファルーシ・グエングリン伯爵令息が大袈裟とも思える仕草で感動していた。この人は私を馬鹿にしているのかしら？　何度も夜会で挨拶されて、その度に名乗られればいやでも覚えてしまう。それとも他の令嬢は違うのだろうか。

「そんな……大袈裟ですわ」

扇で口元を覆い、苦笑いで答える。

家に戻って一か月。私は母様に連れられて一週間に二度の割合で夜会に出席していた。アレスティスを忘れて新しい出会いを探すためである。

ファルーシはここ何回かの夜会でよく見かけていた。

「私の名前はいかがですか？」

プラチナブロンドの髪と薄いブルーの瞳のエイドリアン・ルトラエフ侯爵令息が横から割って入ってきた。

「エイドリアン様でしたわね」

「そうです。今夜も大変お美しいですね、メリルリース様」

「……あ、ありがとうございます」

手の甲に口づけされ、引っ込めようとしたのにいつまでも手を離してくれない。

「あの……」

「これは失礼しました。あなたを離したくなくて、つい……」

「気にしておりませんわ」

「ところで、メリルリース嬢、今度私と二人で食事でもいかがですか？」

エイドリアンが顔を近づけて誘ってきた。

「メリルリース嬢、ぜひ私と。エイドリアン殿は何人もの令嬢に声をかけているのですよ」

「ファルーシ殿こそ、引っ込んでいてもらおう。私が先にお誘いしたのだ。それに、人を好色のように言わないでもらいたい。彼女に誤解されるではないか」

二人は互いに牽制《けんせい》し、一歩も譲らない。そんなやり取りを周りが気にし始め、いたたまれなくなる。

「あの、お二人とも……止めてください。周りが変な目で見ていますわ」

「す、すみません……あなたを困らせてしまって……ファルーシ殿が引き下がらないから」

「エイドリアン殿こそ……メリルリース嬢、どうか嫌いにならないでください」

私としては二人のためを思ってのことだったが、二人は情けないほど低姿勢で私に謝った。

「お二人とも、レディを困らせるなど、あるまじきことですよ」

そこへ新たな人物……ビッテルバーク辺境伯が現れた。

彼は今の国王の年若い叔父にあたり、魔獣討伐の際には国の代表として隊を率いた。アレスティスの上司でもあるお方だ。

三人でお辞儀をして彼に敬意を表す。

「これは辺境伯様……困らせるなど、とんでもございません……」

「そうです。このファルーシ殿が強引に彼女を」

「何をおっしゃる、あとから来たのはあなたではないですか。私が先に彼女をお誘いしようと」

二人は辺境伯の前で、また言い合いを始めた。

「お二人とも……辺境伯の御前ですよ。無礼ではないですか」

「お気遣いは無用です。美しいあなたの気を引こうと、必死になる二人の気持ちもわかる」

不敬になってはいけないと諫《いさ》める私に、辺境伯は気にしないとおっしゃった。

「あなたさえ構わなければ、この二人と同じ、あなたを誘う権利を私に与えてくれませんか？　美しいお嬢さん……」

「メリルリースです……メリルリース・サリヴァンです。父は子爵です」

さっと手を取られ、甲に口づけられる。

彼は普段は辺境伯として国境を治めており、首都の夜会には滅多に出られない。今回は新年の王宮の行事に参加するため、首都に滞在していた。行事も終わり、それそろ戻ろうとする彼を今日の夜会の主催者であるオルレイアン公爵が誘ったのだった。

「今日は来てよかった。あなたのような方にお会いできるとは」

辺境伯の参戦に分が悪いと察したのか、二人はそそくさと退散した。私は一難去ってまた一難という状態だった。

「あの……辺境伯様」

「どうかジーンクリフトと……私もあなたをメリルリースと呼ばせていただいても？」

「ジーンクリフト様……」

「なんですか？　メリルリース嬢」

王族の一員らしく、堂々とした風格の黒髪の彼は、琥珀《こはく》色の瞳を熱っぽく向けた。

「討伐の件、誠にお疲れさまでございました。五年にわたる長く苦しい戦いにおける閣下のご苦労は、私には想像に難く、まことに感謝の言葉しかございません」

「ありがとう……それもこれもこの世の、この国の、ひいてはあなたの安寧のため。こうしてあなたに会うために与えられた試練だと思えば、苦労だとは思いません」

主に隊全体の統括が彼の任務であり、連合軍として国の威厳を保つために旗頭《はたがしら》となった。

彼の領地は、魔獣が生まれるという創始の森、ランギルスの地に最も近いこともあり、過去の討伐の際にも、代々の辺境伯がその任に就いた。

彼自身は先陣を切って戦う必要はないが、時には彼も前戦に赴き、魔獣を討伐したとアレスティスも言っていた。彼の風貌はどこかアレスティスを彷彿とさせ、私の胸を締め付けた。

「私は主に隊を支援するため、兵糧や各国との交渉などを行ったにすぎません。真に讃えられるべきは魔獣と戦った戦士たちです」

決して驕《おご》ることなく、部下の功績を何よりも褒め称える彼に好感を持った。

「私はこうやって生きて元の日常に戻りましたが、多くの者が犠牲になりました。生きて帰った者たちの中にも今も心と体に傷を負い苦しんでいる者が大勢おります」

アレスティスのことをまたもや思い出す。彼は今どうしているだろう。私がこちらへ戻ってすぐに兄から彼の治療が始まったと聞いたが、その後の様子は伝わってこない。

「彼らが傷を癒し、少しでもこれからの人生を幸せに過ごしてくれたらと願います」

「その……帰還したアレスティス様は私の兄の友人なのです。閣下は彼のことをご存知ですか」

「アレスティス、もちろんです。彼が最後に大怪我を負ったのは私を庇ってのことでした。本当に彼には感謝しかない。そうですか、お兄様とのことは聞いたことがあります。互いによきライバルであられたとか……サリヴァン……どうりで聞き覚えがあったはずだ。確か名前はルードヴィヒ」

アレスティスは兄とのことを閣下に話していた。

「そうです」

「ああ、そうだ、それから彼の妹のことも聞いたことがある。実の兄のように慕ってくれたと……あなたのことだったのですね」

彼は私のことも辺境伯に話していた。そのこと自体は驚かない。兄のことを語る上で、ついでに話したのだろう。

「彼の結婚式で花嫁の付添人をされたとか。着飾った姿を見て成長したな、と思ったと。いつまでも子どもだと思っていたら、知らぬ間にか大きくなっていたと言っていた」

まるで本当に兄……いや父親のような言い方だった。辺境伯の話は、アレスティスが私のことをどう思っているか、改めて認識させた。

血の繋がりはなくても、彼は私を妹のようにしか思っていない。やはり名乗らなくてよかった。誰が妹と思っている女性を抱くだろうか。メリルリースのままでは、彼に女性と意識してもらえるわけがないのだ。

「新婚の奥方を放って、さぞや心配で恋しいだろうと訊ねたことがある。周りの者からかなり華やかな女性だと評判を聞いていたからね」

イアナの話題になり、どきりとした。新婚の蜜月もそこそこに離ればなれになったのだ、辺境伯がおっしゃるように、アレスティスもさぞや彼女を恋しく思っていたことだろう。

「彼女なら自分が側にいなくても立派にやってくれるだろうと言っていた。強い女性なのだと思ったよ。いい奥方を得たと羨ましく思った。生きて帰ったら、私もそういう相手を探して身を固めようと考えさせられた」

――彼女は理想の妻だ。

結婚式の日、そう言った彼の言葉を思い出す。

アレスティスがどれほどイアナを愛していたか、改めて他人からも聞かされ、胸がさらに苦しくなった。そのせいか胸やけまでしてくる。

「彼が大事なものを入れていた箱があったな。中は知らないが、そこに奥方の絵姿を納めて時折見ていたらしい。それほど大事に思っていた奥方が亡くなったと聞いた。実に残念で気の毒だ」

アーチーから聞いていた絵姿のことだろう。

「今は魔獣に侵された目の治療を行っている。この前面会したが、目に包帯をして辛い治療を何とか気力で頑張って耐えていた。ものすごい精神力だと治療する者たちが感心していた」

「そうですか……どうしているか心配しておりました。何しろ家族ではないので、あまりそのことについて情報が私の耳に入ってきませんから」

何だか吐き気までしてきた。でも辺境伯閣下の前で失礼があったらと必死で我慢する。

「お役に立てたならよかった。ここであなたに出会えたのは運命ともいえる。無理矢理誘われた夜会だったが、今夜ここに来てよかった。メリルリース嬢……大丈夫ですか？」

冷や汗も流れてきて、具合が悪いのが彼にもわかるくらいになってきた。

「あの……すみません……少し気分が、失礼してもよろしいでしょうか」

「私のことは気にしないでいい。それより誰か呼ぼうか、何なら私が……」

「いえ、大丈夫です……すみません……」

お辞儀をして彼の前から逃げるように走って、化粧室へ駆け込んだ。

コルセットを締めすぎたのか、アレスティスのイアナへの思いを聞いて、精神的に打撃を受けたのか、やっとのことで辿り着き、食べたものをすべて吐き出した。

吐き気が収まるのを待って夜会の広場に戻ろうとすると、母様がこちらへやってくるところに出くわした。

「リー、大丈夫？　辺境伯様が私をわざわざ探して、あなたが具合が悪そうだと教えてくれて」

「閣下が！」

そこまでしてくれたことに驚いた。彼は思っていた以上にいい人そうだ。

「コルセットがきつかったみたい。もうお暇《いとま》しても構わないかしら？」

「顔色も悪いわ。公爵には私が話してくるから、あなたはここに座って待っていなさい」

私を廊下にある椅子に座らせると、母様は帰ることを公爵に報告しに行った。

「ふう……」

まだ少し気分は悪いが、さっきに比べればずいぶんましになった。

辺境伯から聞いた言葉がかなり応えたようだ。私がアレスティスにとってはずっと妹であること。

彼がイアナを恋しく思っていたこと。このまま彼を思い続けても、私の思いだけが空回りすることは確実だ。

　化粧室までは照らされていた廊下も、私が座っているところまでは光が届かない。遠くで音楽や人のざわめきを聞きながら目をつぶっていた。

　誰かがこちらに歩いてくる気配がして、母様が来たのだと思って目を開けた。

「おかあ……」

　目を開けてそちらを見ると、母様よりずっと大きな影が立っていた。

「アレスティス？」

「メリルリース嬢」

　光を背にして立っているので顔がよく見えない。黒髪が見えたので一瞬アレスティスだと思ったが、声を掛けてきたのは辺境伯だった。今のは聞かれなかっただろうか。

　私、どこまでアレスティスの幻影を追っているんだろう。出会ってから十年以上ともに過ごした月日がなかなか彼を忘れさせてくれない。いつか思いきれる時が来るのだろうか。自信がない。

「どうかそのまま」

　慌てて立ち上がろうとした私を彼が制した。

「具合はよくなりましたか？」

「はい。母を探してきていただき、ありがとうございました」

「礼には及ばない」

「でも、もうお暇《いとま》しようかと、母がオルレイアン公爵にご挨拶に行っているのを待っておりました」

「それがいい」

それからしばらく彼は何か考え込み、おもむろに次の言葉を続けた。

「私は今月いっぱい首都にいるつもりだが、もしよかったら、今度ご両親がいらっしゃる時に、お宅へ伺っても構わないだろうか」

私の前に膝を突いて辺境伯が言った。

「え………」

一瞬頭が真っ白になって、気持ち悪いのもどこかへ飛んだ。

「な、どうして？」

「出会ったばかりで信用できないかもしれないが、一目惚れだ。魔獣討伐に赴き、明日はどうなるかわからないと覚悟した。もし、無事に生きて帰れたら、自分の帰りを待っていてくれる人を見つけようと思った。そして今夜、あなたに出会い、運命だと感じた。いきなりのことで、すぐには返事をもらえるとは思っていないが、考えてはくれないだろうか」

突然すぎる告白に、私は息を止めて薄暗闇に佇む辺境伯を見つめた。

彼の琥珀《こはく》色の瞳が暗闇でくすんでみえる。

闇の中、妖しく光るアレスティスの瞳が思い浮かんだ。

「そういうことで、私がお宅を訪問することを許可していただけないだろうか」

辺境伯が振り返り、そこに立っている母様に訊ねた。いつの間にか戻ってきていたらしい。私は気付かなかったが、彼は気付いていたようだ。今の話も母様に聞こえていたのは間違いない。もしかすると、母様がいるのを知っていて？

「そんな……畏《おそ》れ多いことでございます。閣下となど、我が家にとっては願ってもない良縁ですが……娘が構わないなら」

「母君はそうおっしゃっているが、あなたはいかがですか？」

「あの……突然のことで……辺境伯様……ジーンクリフト様のことを存じ上げませんし……私は、閣下の結婚相手にはふさわしくないと思います」

「ふさわしくないとは？」

私はすでに純潔を失った。辺境伯のような身分の方には重要なことだろう。

「メリルリース……」

私が彼にふさわしくない理由を、ここで言うのは気が引けた。それを察して母様が近づいてきた。

「申し訳ございません、閣下。娘は今は具合が悪く、いきなりの閣下のご提案についてよく考える余裕がございません。この件は夫にも伝えて家族で話し合いますので、今日のところは失礼してよろしいでしょうか」

「ああ、これは私も浅はかだった。弱々しく座っている彼女を見て、さらに気持ちが募ってつい焦ってしまった。具合の悪いところを引き留めて申し訳ない」

彼は私が立ち上がるのを助けてくれる。

「このまま帰りますので、閣下はどうか夜会にお戻りください」

母様が辺境伯から私のことを引き継ぎ、そう言った。

「わかった。お大事に」

「ありがとう……ございます」

そのまま母様に支えられて馬車に戻り、帰宅の途についた。

馬車の中でいきなりの求婚に驚いて引っ込んだ気持ち悪さがまたぶり返し、途中何度も馬車を停めながらの帰宅になった。私の介抱をするのに母様は手一杯で、辺境伯について話題にすることはなかった。


「お嬢様……ほんとに何も召し上がらないのですか？」

「ごめんなさい。アメリ……でも今は何もいらないの……食べ物のことを考えるだけで……う」

次の日の朝、私は起き上がることができなかった。酷い胸のむかつきと、時折込み上げる吐き気で倦怠感が襲い、水だけを口にして寝込んでいた。

「熱はないようですが、お風邪でもひかれたのでしょうか」

「このところ、ずっと週に二度は夜会に出かけていたから、疲れが出たのかしら」

「何か、スープなどの軽めのものをお持ちしましょうか。何もお召し上がりにならなければ、薬も呑めませんし」

「今日一日休んでいれば大丈夫よ。私が滅多に寝込まないことは知っているでしょ。寝れば治るわ」

「そうですか……では何かあれば、ベルを鳴らしてください」

「ありがとう」

アメリが出ていき、ぱたぱたと歩いていく音を聞きながら、もう一度上掛けを引き寄せた。


こんな気持ち悪さは初めての経験だった。吐くものがないのに吐き気が込み上げる。とにかく体がだるく、頭も重い。

ゆっくりと休みたいのに、夕べのことがぐるぐると頭に浮かんで眠ることもできない。

アレスティスのことを忘れようと思ったそばから彼のことが頭に浮かび、彼との日々が甦《よみがえ》る。

それでも諦めなければ。もう彼の妹には戻れない。彼がいつか私に会って、娼婦のクロエが私だと気付いたら……彼のことだ、責任を感じて結婚しようと言うかもしれない。

少し前なら……十代の始め、まだ結婚や夫婦というものが何なのかわかっていなかった頃、花嫁というものに純粋に憧れていた自分なら、喜んで受け入れたかもしれない。

でも責任というだけで仕方なく私を娶《めと》り、他の人を思い続ける彼の側にいれば、縛り付けている自分を許せなくなるに違いない。彼もいずれイアナのことを忘れる時が来るだろう。でも私に目を向けるかどうかはわからない。イアナと真逆の私ではなく、彼女に似た人に惹かれる可能性は大いにある。

それを考えたら母様の言うように、私を望んでくれる人に目を向けるべきなのだろう。

辺境伯のような方と……

彼はあまりにアレスティスに似ている。瞳の色は違うが、黒髪に立派な体格。何よりも私に好意を寄せてくれている。

だが、彼の胸に飛び込むには、明らかに一つ障害がある。

私がすでに乙女ではないことを打ち明けてからでなければ。そして彼がそれでもと思ってくれたら……

「メリルリース……いいかしら？」

「はい」

扉を叩いて母様が顔を出した。

「これ……今届いたの」

入ってきた母様は色とりどりの花で作られた花束を抱えていた。

「辺境伯様からよ。お見舞いですって」

柔らかい色の花ばかりを集めた花束。この時期、自然に咲く花はほとんどなく、出回るのは全部が温室の花で、これほどの量だとかなり高額になる。

「夕べはいきなりで驚いたけれど、こんな風にお見舞いもくださる気遣いもできて、素敵な方ね」

「本当に……申し訳ないわ」

「それと、マリールイザがそろそろ体調も良くなってきたから会いましょうって」

「お姉様……会いたいけれど、風邪をうつしてしまうかもしれないわ。お姉様は何といっても赤ちゃんがいるのだし」

「ねえ……こんなこと言うのもなんだけど……あなたのそれ、もしかして、マリールイザと同じということはない？」

「え⁉」

母様が花束を置いて寝台に近づいてきた。

「私も三人の子どもを妊娠したからわかるの。あなたのその症状……悪阻《つわり》ではないのかしら」

「え……何を言って……そんなはずは……だってちゃんと薬も呑んで」

そこでふと、今月は月のものがまだ来ていないことに気付いた。本当なら年の始めに来ているはずだ。

「薬……例の避妊薬ね。ちゃんと呑んでいたの？」

「ええ、もちろん、残数もきちんと管理して……」

言い掛けてはっとなった。始めの頃、アレスティスに抱かれてその激しさに気を失ったことがある。呑んだ記憶はないが、アレスティスが呑ませてくれたのか、薬はなくなっていた。

でもあの後、月のものが来たから、妊娠はしていなかったのは間違いない。

そして二回目も……

「どうなの？」

「あの、私……何度か気を失ったことがあって……その、アレスティスが呑ませてくれたことがあったのだけれど……でも数も、ちゃんとあっていたわ」

なぜ気を失ったかは言わなかったが、母様が頬を赤らめたので、察したみたいだ。

「とにかく、明日お医者様に診てもらいましょう」

★　☆　★

一週間。彼女と昼も夜も過ごした。

毎夜自分を苦しめていた悪夢は今でも記憶の奥に潜んでいる。だが、以前ほど自分を悩ませてはいない。

彼女を着飾り、彼女とともに夕餉《ゆうげ》を取り、そして踊った。

娼婦であるはずなのにこんなに完璧に踊れるなんて、私が不審に思うと考えないのだろうか。

完璧に演じているつもりが、素の自分が見え隠れしていると自覚しておらず、必死で強がって見せていることに気付き、心の中で愛らしいと思った。

その晩は我を忘れて久しぶりに彼女が気を失うまで抱いた。そのあとで彼女がいつも呑んでいた薬が入った袋を探す。

娼婦なら必ず服用する薬を呑ませることになったのは、彼女を抱くようになってすぐのことだった。

この薬は今のところ、効果がなかったという噂を聞いたことがない。妊娠したいなら、ただこれを呑まないようにすればいい。

立ち上がり、花が活けられた花瓶を手に取り、花を抜いた。花瓶の中に袋の中身をすべてぶちまける。

代わりに机の引き出しから紙に包まれた別の薬を出して袋に入れた。

これがどれくらい効果があるかわからないが、マリールイザに効いたのなら、ある程度は期待できるだろう。

「んん……」

声が聞こえて振り向くと、彼女が寝返りをうって手を伸ばし、何かを探している。

「アレスティス……」

ほとんど聞き取れないくらい小さな声だったが、確実に彼女は自分の名を呼んだ。

あの手が探しているのは自分だ。無意識でも彼女が自分を求めていることを知って、胸が締め付けられた。

慌てて彼女の側に行き、その身を引き寄せて抱き締めた。

「メリルリース」

柔らかな彼女の髪に顔を埋め、クロエではなく、彼女の本当の名を囁《ささや》いた。

第九章　離ればなれの日々と巡る季節

辺境伯の首都の邸はとても大きくどっしりとしていて、権力と財力があることを誇示していた。

「お連れいたしました」

執事に案内された客間も、ひと目で高級とわかる年代物の調度品で埋め尽くされ、長い間大切に使われてきたことがわかる。

先触れを出していたので、到着するとすでに辺境伯のジーンクリフト様が待ち構えていた。

「ようこそ、メリルリース嬢」

「お時間を取っていただきありがとうございます。ビッテルバーク辺境伯様」

相手が名前を呼ぶのに対して、私は彼を家の名前で呼んだ。

「ジーンクリフトと呼んでほしいと以前にも言ったが……」

初めて会って求婚されてから、すでに一週間が経っていた。本当ならもう少し早く訪問するつもりだったが、自分の体調が優れなかったことや、諸々事情が重なり、今日の訪問になった。

「いえ……私のような者が辺境伯様にそのような。それと、お見舞いの品をありがとうございました」

「お礼など……私はメリルリース嬢と呼ばせてもらうよ」

「ご自由に」

「まだ顔色が優れないようだが……とにかく座ろう」

私が名前で呼ばない理由を、彼はすでに察している。それでも嫌な顔一つせず礼節を持って対峙してくれている。

自分がなぜここに来たのかを説明するため、椅子を勧められても座らず、その場で頭を垂れた。

「今日は、お詫びを申し上げに参りました」

「メリルリース嬢……」

「先日のオルレイアン公爵様の夜会での折に、閣下がおっしゃったことについて、まことに光栄なことではございますが、辞退したいと存じます」

ある程度予想はしていたのだろう。下を向いたままなので彼の顔は見られないが、激昂することなく彼は黙って聞いていた。

「理由を……聞いても？」

「私は辺境伯様の花嫁にはふさわしくありません」

「身分のことを気にしているなら」

「いいえ、確かに子爵家の我が家と辺境伯様では身分の釣り合いが取れませんが、理由はそういうことではございません」

「それでは、どういう……私が気に入らないのか」

「それも違います。お会いして間もないですが、辺境伯様のお人柄も功績も聞き及んでおります。

初めてお会いした私の体調を気遣ってくださり、お見舞いの品まで……とても誠実で尊敬できる方だと思っております」

「なら……」

込み上げてくる吐き気を抑える。辺境伯が聡明で、かつ、冷静に物事を受け止め判断できる人だとわかっている。それでも下級貴族の私から彼の申し出を断り、その理由を聞いたら、さすがの彼も怒るのではないかと思う。結婚の申し出を断る理由を告げて彼がどう出るか。これは賭けだった。

「しかし辺境伯様がいかにご立派な方でも、他の男の子どもを身ごもっている女を花嫁になどできないでしょう」

「え……」

明らかに驚いているのがわかった。

母様に言われて半信半疑で医者の診察を受けると、母様の見立てどおり私は妊娠していた。紛うことなくアレスティスの子どもだった。それは間違いないのだが、私は最初耳を疑った。避妊薬は間違いなく呑んでいた。なのに妊娠している。なぜという疑問が浮かび上がったが、それを今考えても始まらない。できてしまったものは仕方ない。

子どもをどうするか、許されるなら、産みたい。

この事実……未婚で子どもを身ごもり産むといった醜聞は私だけでなく父様や母様、姉や兄までも後ろ指を指されるのは必須だ。

この問題を解決する方法は意外と少ない。

産むか産まないか。そして子どもの父親に告げるか告げないか。

産まないというなら、私はこの身に宿った命を抹殺することになる。その選択肢はない。

産むにしても未婚の出産に世間の風は厳しい。産まれた子どもが歩む人生も、決して平坦な道ではない。

そしてアレスティス……彼にもこのことを知る権利と責任を負う義務がある。黙ったままでやり過ごすことはできない。

だが、今のアレスティスは魔獣討伐で負った傷を治療中で、今すぐ知らせてどうにかできる状態ではない。

知らせるにしても時期を見計らってしかるべきだということになった。

妊娠の事実が発覚し、父様や母様、兄とともに私の体調をみながら何日も話し合ってそういう結論に達した。

そして残る問題として、辺境伯から届いた婚姻の申し出について、答えを伝えるべく訪れた。

私の体調がいつどうなるかわからないため、父様や兄が代理でという案もなかったわけではないが、私が直接会って伝えるのが辺境伯への礼儀であり誠意だと思い、クロエをすぐ外に待機させての訪問となった。

「子ども……つまり、あなたは……」

思ってもみなかった理由に、辺境伯はすっかり動転している。しかし、さすがというかやはり見込んだとおりというか、彼は次の瞬間、あることに気付いた。

「だったらなおさら、そんなところに立っていないで座りなさい」

彼はどこまでも紳士で立派な人だった。

辺境伯は謝罪に来た私をかいがいしく世話してくれ、長椅子にクッションをおいて私が寛げるように整えてくれた。

「メリルリース嬢……これでいいか？　……どうしたのだ！」

ここまで気遣ってくれることに、改めて彼に申し訳ない気持ちになって知らず知らず涙が溢れた。

「本当に……申し訳ございません。私には辺境伯様にこんなによくしていただく資格はございません。私は……」

「あなたが私の申し出を断るのは、あなたがすでに誰かと思いを通じ合っている。そういう人がいるということなのですね」

私の言葉を彼はそう受け止めた。

「それなら仕方がない。すでにそういう相手がいらっしゃるのに、相思相愛の二人を引き裂いてまでどうにかしようとは思いません。しかし、私が聞いたところではあなたはいまだ未婚だ。そこまでの相手がいらっしゃるのに、なぜまだ婚約にも至っていないのですか？」

「あの……何か誤解があるようです……私がすでに乙女ではなく、その方の子を宿しているのは事実ですが、その……私とその方とは別に将来を誓い合ったわけでなく……その方もまだ私が妊娠していることをご存知ではありません。そもそも、私はお慕いしておりますが、その方はそうは思っていないでしょう」

辺境伯は私にはすでに将来を誓い合った相手がいて、いずれは結婚すると思ったようだ。そのまま誤解させておいてもよかったが、純粋に心配して気遣ってくれる彼に嘘はつけなかった。それに、いつまで経っても私が誰かと結婚したという話が聞こえなかったら、彼も私の話が嘘だと気付くだろう。

それは彼に対して誠実とは言えなかった。

「それはどういう……まさかお相手は既婚者？」

「いえ、結婚はしておりましたが、彼の奥様はすでに亡くなっております」

「それなら何も問題はないのでは？　彼はもしかしてあなたを利用するだけ利用して捨てたのか？　それとも他に結婚できない事情が？　避妊は簡単にできるのに、妊娠までさせて知らない振りをしているのか？」

私は迷った。どこまで彼に事実を打ち明けるべきだろう。私が彼の求婚を受け入れられない事情を話せば、怒るのではないかと踏んでいたのに、彼はきちんと話を聞いてくれた。

むしろ私が騙されて利用されたのではと心配までしてくれている。相手がそんな人だと思われたままではアレスティスにも申し訳ない。

「子どもの父親は……彼は、私が彼を好きなことを知りません。詳しいことは申し上げられませんが、私が彼を騙して寝台に潜り込んだのです。妊娠については……きちんと薬を服用していたのですが、どこかで手違いがあったようです。悪いのは全部私なんです。彼は何も悪くありません。私が彼の弱っているところにつけこみ、身を投げ出したんです。妊娠のことがなければ、辺境伯様の求婚を受け入れさせていただいてもと思いましたが、それでは閣下に不誠実すぎます。私は好きな人が自分を受け入れてくれないとわかっていて彼を騙してこの身を捧げました。今また閣下に何も言わず結婚しようとした。私は、閣下の求婚を受ける資格も、親切にしていただく資格もございません。どうか罰してください」

思っていることをすべて打ち明けた。感情が溢れて涙が止まらない。持っていたハンカチはすでにびしゃびしゃになっていた。

「事情はわかった。それで、あなたはその子を産むのか？　子どもの父親に妊娠の事実を伝えるつもりは？」

辺境伯は自分の持っていたハンカチを差し出し、訊ねた。

本当にどこまでも完璧だ。彼なら私でなくても、きっと素敵な人が現れるだろう。

そう伝えると、彼は複雑な顔をした。振られた相手にきっと他にいい人がいると言われても、放っておいてくれと私なら思う。

イアナとの結婚式でアレスティスに私が君も素敵な人が現れるといいねと言われて傷ついたように。

「今は……今すぐは彼も話を聞ける状態ではなくて……折を見て伝えるつもりではおります」

「それで、もしその彼が結婚してほしいと言ったら？　子どものことを思えば、それが一番いいことだ。結婚できない相手ではないのだろう？　奥方とは死別しているのだし」

「彼なら……きっとそう言ってくれるでしょう。でも私が彼に……妊娠したからと、責任感で結婚してもらい、果たしてそれで皆が幸せになれるでしょうか。だって……前の結婚も、彼は知らないことですが、相手に騙されたんです」

私がやっていることはイアナと同じ。いや、それよりも酷い。壮行会の夜にあったことは彼女と結婚するきっかけに過ぎない。遅かれ早かれ、二人は結婚していたのではないだろうか。

でも私は……イアナを亡くし後遺症に苦しみ、傷心で引きこもった彼につけこんだだけだ。

「少なくとも、子どもは実の両親の元で育つのだ。よいことであるとは思うが……妊娠していなければ、私との結婚を考えてくれていた。そう受け取っていいのか？」

「でも……すでに私は乙女ではありません。たとえ子どものことがなくても、やはり受けるべきではございません」

ここまで正直に話したのだから、彼もさすがに求婚についてはなかったことにするだろう。

「確かに……あなたの話には驚いた。人は見かけによらないとね。一見大人しそうなあなたが、そこまで大胆なことをされる方とは……私の人を見る目も……特に女性を見る目もまだまだだと感じた」

「申し訳ございません」

「いや、責めているのではない……事情はわかった。あなたを妻にできないのは残念だが、今は身を引こう」

今は？　辺境伯のその言葉が気になったが、実はさっきからまた吐き気が込み上げてきていた。こんなのが一体いつまで続くのだろう。

「本当にこの度のこと、申し訳ございませんでした。本当なら私どもからこのように申し上げることは不敬と詰《なじ》られても致し方ないことだと思っております」

「気にしないで……一目惚れなどと称して先走った私が悪い。しかし、それほどあなたに思われている男性が羨ましい……世の中は本当にままならないものだ。思う人に思われるということが、いかに大変か……片方の思いが強いだけでは相手に通じないものなのだな」

本当にそうだと思った。死という別れをもってしても、簡単には思いを絶ちきれないアレスティスもまた辛いことだろう。

私の事情を知って怒っても当然なのに、逆に思いやってくれた辺境伯のことは好ましい。それでもアレスティスの代わりにはならないのだと実感した。

「赤子の父親とのこと、うまく行くよう祈っている。私で力になれることなら喜んで力を貸そう。私はあなたの伴侶にはなれないが、せめてよき友にならせてほしい」

帰り際、彼がそう言ってくれた。

「私にはもったいないお言葉です。何もしておりませんのに」

夜会で一度お会いして、今日は赤裸々に事情を打ち明けた。その反応を見て彼には一層好感が持てた。しかし相手は辺境伯。子爵令嬢ごときが友と呼べる相手ではなく、まして彼に対して私は大変失礼なことをした。

「もし、例の男性とうまくいかなくて、首都にいづらくなったら、私の領地に来られるといい。あなたとあなたの子どもくらい、私が面倒を見よう。できれば今度は私の寝台に潜り込んでくれると嬉しい。いつでも歓迎する」

彼の言う、今は引き下がるというのは、そういうことだったのかと。私はそんな器用なことはできないと顔を真っ赤にして言った。

彼は冗談だと言ったが、その目は笑っていなかった。私は彼が半ば本気だとわかり、抜け目のない人だと思った。


家に戻ると全員が待ち構えていた。なぜか姉まで加わっている。ようやく悪阻《つわり》が落ちついて最近は食欲も戻ってきているらしい。

「私だって嫁入りしたとはいえ、ここの娘であなたの姉なのよ。仲間外れはいやよ」

「それで、辺境伯は何ておっしゃった？　やはり家長として私が謝罪に行くべきか？」

姉と父様に言われて私は皆に辺境伯とのやり取りを説明した。帰り際の話はややこしいので話さなかったが、彼が怒っていないどころか、何かあればいつでも力を貸すと言ってくれたことを話すと、全員からため息が聞こえ、力が抜けるのがわかった。

「本当にいい方ね。辺境伯様って」

「まあ、私としてはお前が辺境伯様に嫁がなくてよかったが」

「ふふ、この人ったらあなたが辺境伯に嫁いだら、遠くに行ってしまうって心配してたのよ」

「ルシンダ、それは黙っていろと言っただろ」

「それで父様、アレスティスの方はどうなのです？　容態は？」

「うむ……それなんだが」

私の妊娠が発覚し、私が何をしていたか、家族全員の知るところとなった。

兄が私の気持ちに早くから気付き、ドリスとクロエもそれに協力したと聞くと最初父様はとても憤慨した。

母様もすぐに気付いたと知り、気付かなかった迂闊《うかつ》さに自分自身に腹が立ったのもあったようだ。

でも私がすべて悪い。二人を罰するならまず私を勘当してくれと言った。自分のしたことに後悔はしていないが、親を裏切った事実は変わらない。本当に今すぐ出ていけと言われても受け入れる覚悟だった。

だが悪阻《つわり》でふらふらしながら二人を庇う私を、同じ女である母様が、今の状態がどれほど大変か切実に訴えてくれた。この子を勘当するなら私があなたと離縁して実家に帰ると言い出したので、父様も折れざるを得なかった。

それから相手がアレスティスだと知ると、がっくりとその場に力なく座り込んだ。

父様は今すぐにでも相手の男のところへ殴り込みに行く勢いだった。しかし息子の親友で自分もよく知るアレスティスが子どもの父親と聞いて、今どんな状況か知っているだけに、何も言えなくなった。

「彼の治療については成功しおおむね完了しているらしい。ただ、治療は毒をもって毒を制すような危険なものだったらしく、体力の回復が遅れているそうだ」

父様の説明を聞いて目の前が真っ暗になった。傷を負って太陽の中での居場所を失い、イアナを失い、彼になおも苦しめというのか。

「メリルリース……大丈夫？」

私が青ざめ震えるのを見て横に座る姉が訊ねた。

「すまない。聞かせるのではなかった。だが、彼は必死で頑張っているとも言っていた。我々は彼を信じて待つしかない」

「側に行くことはできないんですか？　彼の手を取って励ます人はいないのですか……？」

イアナがいれば……彼がそんなに苦しい思いをしているのに、誰も側に行くことができない。

★
☆
★

久しぶりに首都の屋敷へと戻ってきた私を、両親は温かく迎えてくれた。

討伐の間も、彼らを心配させていた。怪我をして戻ってきて、両親の慰めの言葉も拒絶して領地に引きこもった。

そんな自分を彼らは責めることなく、優しく抱き締めてくれた。

そこで意外な話を聞かされた。

「治療？」

「ああ、そうだ。ガビラの毒の中和方法が見つかった。その目が治るかもしれないんだ」

父と母が意気揚々として言った。

聞けば少し前から研究が進められ、実用しても問題がないと、つい先日確認されたらしい。

そしてそれを知らなかったのは自分だけで、アーチーの耳には早くから入っていたという。

「もし治療の目途が立たなかったら、あなたを落胆させてはいけないと思って確実になるまで黙っているように言っていたの」

「少し……整理させてください」

居間のソファにどさりと座り込み、今聞いた話を整理する。

ガビラの毒が中和される。アーチーは知っていた。……知っていたのはアーチーだけか。

彼女も知っていたのだろうか。別れ際、最後に見た彼女の顔。

「アレスティス、大丈夫？」

母が心配して肩に手を触れた。

「大丈夫です。まさか、そんなことになっているとは思いませんでした」

肩に置かれた母の手を握り返す。

「領地で何かいいことでもあったのか？　私たちはお前がもっと……その……」

「悲嘆に暮れていると思いましたか？」

言い難そうな父様の言葉を引き継ぐ。確かに数か月前の自分はまさにそうだった。

彼女が自分の元に来てから、何もかもが変わった。

「だが、治療は必ずしも成功するとは限らない。毒を中和する過程でどんな副作用があるか、何の痛みもないとは言い切れない」

術師から記された治療の効果と危険性についての書簡を見せながら、父様がよく考えろと言う。回復してほしいと思う反面、今の目の状態を受け入れているのなら、危ない橋を無理に渡る必要はないのだ、と。

「いいえ。少しでも可能性があるなら、挑戦してみます」

このまま闇の中にいては、太陽の下に彼女を連れていくことはできない。

自分の抱く恐れが見せた悪夢を思い出す。明るい陽の光の下へ立ち去っていく彼女に、日陰から叫ぶことしかできなかった。

どんなに辛い日々が待っていたとしても、彼女を失う辛さに比べれば堪えられると思った。

第十章　新しい季節の始まり

今も苦しい治療を続けているアレスティスの様子を聞いて、何もできない自分が情けなかった。

「術士たちも、彼が望むなら誰か側に連れてくると言っているそうだが、彼が頑なに拒むそうだ。だからご両親も側に行くことができない。ずっと何かを握りしめて耐えているらしい。それが彼の支えになっているようだと聞いた」

両親の手さえも拒み、彼は一人で耐えている。一番側にいてほしい人はこの世にもういないのだから。

「きっと、イアナが彼を支えているのね」

認めたくはないが、それが真実だろう。

「イアナ……そうなのかな……」

兄が私の言葉に意義を唱えた。

「何かおかしなことを言った？」

「いや、僕と彼はもう十年以上の付き合いだが、アレスティスのイアナへの態度は、彼が結婚前に付き合っていた女性たちと何ら変わらないように思った。アレスティスの意中の人は別にいて、それが叶わないから、あんな風に女性と付き合ったのかと……」

「そのことだけど……結婚せざるを得ない状況にイアナがもっていったからだと思うわ」

姉が兄の後を継いで、彼女が知っている事実を話すと、両親と兄がそれを聞いて目を丸くした。

「もちろんこれは彼女が言っていたことだけれど、どこまで本気かはわからないわ。あの子は……ほら、自分の都合のいいように話をもっていく癖があったでしょ」

「まさかイアナがそんなこと……でも子どもができたと騙しても、時がくれば嘘だとわかるでしょ」

「アレスティスはすぐに討伐に行くことになっていたから、あとから子どもはダメだったとでも手紙に書けばいいって、イアナは言っていたわ」

「なんてことだ……ルシンダ、お前の姉の娘だが……義姉上はどんな教育を娘にしたんだ」

「我が姪ながら……死んだ者をこれ以上悪く言いたくはありませんが……アレスティスが気の毒でなりません。そんな経緯で結婚した上、あのようなこと……」

父様はイアナがやったことに嫌悪感を拭えないようだった。母様も姪の所業にただ恥じ入っている。

「あのような、とは？」

「ここだけの話にしていただきたいのですが、姉が申しますには、イアナが馬車の事故で亡くなった時、馬車には同乗者がおりました。恐らくは……あの子の秘密の恋人。イアナはアレスティスを裏切っていたらしいのです」

「やっぱり」

「そうじゃないかと」

「そんな」

姉と兄、そして父様がそれぞれ呟いた。

「お前たち、気付いていたのか？」

「イアナならやっていて当然かと……むしろ貞淑な妻でいることが彼女らしくないかも」

「私も薄々は……メリルリースも知っていたんだろう？」

何も気付いていなかった父様に比べ、姉たちはイアナのことがわかっていた分、変に納得していた。

「メリルリース、本当か？」

「本当よ。先日会ったジャン・ベナート……彼もそうね。イアナはあなたと出かけると偽って連れ出し、恋人と会っていたのではなくて？」

やはり気付いていた母様の言葉を聞いて、無言で問いかける他の三人の視線が私に集まった。

「ええ……イアナはアレスティスが出立して、ひと月後には恋人を見つけていたわ……ごめんなさい」

込み上げてきた吐き気に席を立ち、走って洗面所に駆け込んだ。

「お嬢様……大丈夫ですか？」

クロエが様子を見にきてくれ、背中をさすってくれる。

「お水をどうぞ」

「ありがとう」

嘔吐の波が収まるまでしばらくかかり、戻った時にいたのは母様と姉だけだった。

「勝手に解散してごめんなさいね。男親ってだめね。あなたが走っていくのに動揺してしまって……まだまだ子どもだと思っていた娘が、悪阻《つわり》で苦しんでいるのが心配みたいで、辺境伯様との話が気になって集まっていたのよ。その件が解決したから男二人は仕事に戻らせたわ」

「私だって同じように苦しんでいたのに」

「マリールイザ、あなたはきちんと送り出して気持ちの上で区切りをつけていたから……それにずっと子どもがほしくて悩んでいたのを知っているもの。でもメリルリースは、お嫁に行くのはルードヴィヒの後だと思っていた分、なおさら寂しいのかもね」

「メリルリースは今年の秋に生まれるんでしょ。私の子と同じ年ね。私も一気に母と叔母になるのね」

少し膨らんできたお腹をさする姉の顔はすでに母親のそれになっていた。

「世の中の妊婦を尊敬するわ。こんな辛い思いを乗り越えてきたのね」

それもこれも好きな人との子どもだからだ。私も辛くはあったが、自分の中にアレスティスとの子どもがいると思えば、それだけでこの苦しみも乗り越えられると信じている。

「それにしても……避妊薬も完璧でないなんて……本当に間違いなかったの？」

「それはもちろん……ちゃんとお医者様に処方してもらって……呑み忘れたと思った時は、月のものがちゃんとあったし……その後もアレスティスがちゃんと……」

彼が呑ませてくれたとはっきり言った。彼がそんな嘘を吐くとは思えない。それに、それ以降はきちんと自分で呑んでいた。

「できてしまったことをいつまで言っていても仕方ないわ。今はあなたたち二人とも、自分とお腹の子のことだけを考えなさい。アレスティスについては、一日も早く回復することを祈るだけしかできないのですから」


冬の寒さも緩み始め、南からの暖かい風に雪が溶けだした頃には、私の悪阻《つわり》もようやく収まり、体調も安定してきた。

アレスティスの容態について知り合いといえど、あまり根掘り葉掘り訊ねる訳にもいかず、時折漏れ聞こえてくる情報で少しずつ回復に向かっていると知った。

暖かい日が続いたある日、私は母様に誘われ、姉の所を訪ねていた。

姉のお腹はすっかり目立つようになり、頻繁に赤ちゃんが動くのがわかるのだと、喜びいっぱいに話してくれた。

姉のところですっかり長居をしてしまった。母様とともに帰宅すると、ドリスが出迎えて客が来ていると告げている。

「私は少しあとから行くから、あなたが先にお相手しておいて」

来客をもてなすのは女主人である母様の仕事だが、女主人が忙しい時は成人したその家の娘でも構わないとされている。

「わかりました」

ドリスは客が誰なのか伝えなかったので、一体誰なのだろうと客間に向かった。

ノックをして扉の向こうから「どうぞ」という声が聞こえた。中に入ると、ちょうど夕闇が迫った窓辺に佇む人の影があった。どうやらお客様は男性らしい。

「お待たせして申し訳ございません」

お辞儀をして頭を上げると、客がこちらを向いた。

「やあ、メリルリース……久しぶりだね」

「あ……アレスティス」

そこに立っていたのはアレスティスだった。

胸の辺りまで伸びた黒髪を後ろで一つに束ね、正装に身を包んで立って、まっすぐ私を見つめる。

「アレスティス……その目」

もう仮面はつけておらず、彼の左目はかつての色の緑を取り戻し、もう片方の右目には革でできた眼帯をしている。

「こちらだけ治らなかった」

手で右目を押さえて彼が言った。

「座ろうか……身重の体ではきついだろう」

「どうし……」

まだほとんどお腹は目立たない。なのに彼は、私が妊娠していると知っている。

「そうなるように仕向けたのは私だから……マリールイザに、子どもができる方法を教えたのは私だよ。人に教えて自分が実現できないはずがないだろう」

扉の前で呆然とする私に、彼がゆっくりと近づく。

「メリルリース……いや、クロエと呼んだ方がいいかな」

彼は私の顎を捉え、まだぽかんとしている私の唇に口づけた。

「お互い話すことがたくさんあるから、とにかく座ろうか」

彼が優しく私の手を引き、長椅子に誘導した。


彼は私がクロエだと気付いている。クロエがメリルリースだと気付いていたと言った方がいいか……とにかく私は、彼に会ったら何をどう言おうと考えていたことがすべて頭から飛んで、ただ彼の顔を凝視していた。

「体の方は大丈夫なのか？　その……悪阻《つわり》とかは」

彼が私のお腹にそっと触れて訊ねる。その手つきはとても優しく、そこにある命をとても慈しんでいるのがわかる。

彼の体温を体に感じ、久々の温もりに思わず鼓動が跳ね上がる。

「どうし……アレスティスこそ、体は大丈夫なの？」

「右目だけは治らなかった……治さなかったと言うべきか……おかげでこうやって太陽の下を歩けるようになった。時間はかかったが、こうして君に会いに来ることができた」

「いつ……いつ、私がメリルリースだと？　それに……わざと妊娠させたって……」

何から聞いていいのかわからず、混乱する頭で何とかそれだけ訊いた。

「まずは落ちつこう。母体の混乱は胎児にも影響するらしいから、ほら、深呼吸して」

言われるままに深呼吸を繰り返した。呼吸は落ちついたが、頭は相変わらず混乱している。

「いつ君が……クロエがメリルリースだと気付いたか。初めから似ているとは思っていたが、疑い始めたのは君が私にお払い箱にされたと思って泣いていた時かな。初めて会った時も泣いていただろう。あの時の泣き顔が、初めて会った時の君の泣き顔と重なった」

「それって……私が四歳から変わっていないってこと？」

この年になった私と四歳の頃の私が同じに見えたと言われて傷ついた。

「普通なら気付かないだろうけど、私はわかったよ。ずっと想い続けてきた女性のことだから」

「え、今なんて……」

今聞いた言葉が信じられず、訊ね返した。

「あえて自分の気持ちに気付かない振りをして蓋をしていた時もあったが、私は君をずっと大切に思ってきた。最初は本当に妹のように思っていたが、いつの頃からか妹ではなく、一人の女性として見るようになっていた」

聞き間違いではないだろうか。彼が、アレスティスが私を？　きっとこれは夢だ。そう思って私は自分の頬を思い切りつねった。

「メリルリース！」

「痛い！」

突発的な私の行動にアレスティスも驚いて、つねる私の手を取った。

「何を……」

「ゆ、夢だと思って……アレスティスが私を？　ウソ……だって……」

「確かに君に誤解させるようなこともした。君が好きだと思いながらイアナと結婚した。悪かったと思っている。君が私に向ける気持ちにも、なんとなく気付いていた。その上に色々なことで君を傷付けて泣かせたのは本当に申し訳ない。長くなるが、聞いてくれるか？　すべて聞いてそれでも私が許せないなら、その時は君にどんな罵詈雑言を浴びせられても、殴られてもいいと覚悟はできている。だが、できればお腹の子のためにも話を聞いてくれるだろうか」

真剣な彼の片方の目を見て、私は頷いた。

「君を……アーチーが連れてきた娼婦を初めて見た時、驚いた。あまりに君に似ていたから」

私があの夜初めて現れた時のことを、彼は語りだした。

「もしかしてと声を聞こうと名前を訊ねたら、まったく違う声だったから、やはり違うのだと思った。まさか声まで潰していたとは」

「でもどうして私に似ていると？　あなたが最後に私を見たのは結婚式で……あの時、私は」

「今より背も低く、ふくよかだった。でも変わった」

彼が上着の内ポケットから小さな布の袋を取り出し、私に渡した。

「ある程度予想はしていたが、ここまで変わるとは思っていなかった」

袋には紙が入っていて、かなりボロボロだ。

「これって……」

　中から取り出した紙を開くと、それは女性の絵だった。所々に染《し》みが付いた紙に描かれていたのは社交界デビューの時の私だった。

「ルードヴィヒがデビューの君の姿を画家に描かせたね。それはその時の画家が描いた下描きだ。ルードヴィヒが討伐先の私に送ってくれた」

　なぜ兄が、と思いながら、私はあることに気付いた。

「あの、アレスティスが眺めていた絵姿って」

「これだよ。ずっと私は君の姿を見つめていた。討伐先でも領地でも……その姿が十六歳、それからさらに数年が経過して、どんなに君は変わったろうと想いを馳せていたよ。君のことを思いながら性欲を発散しているところを、アーチーに見られたのは迂闊だったが」

　この紙に付いた染《し》みが何なのか、今の言葉でわかった気がする。つまりアレスティスは私を思って……顔が火照《ほて》るのがわかる。

「アーチーが私に誰か女性をと言ってきたが、気に入る女性を連れてくるとは思えなかった。だから絵姿で想い描いていた姿そのままの女性が現れた時は驚いた。その時の私の興奮がわかるか。想像が現実となって目の前にいた。絵姿のままさらに美しく、血の通った人となってそこにいる」

　彼の興奮が伝わってくるが、あの時のアレスティスは人が変わったように冷徹に思えた。

　それを伝えると口角をあげて微笑んだ。

「そう見えたらよかった。内心は穏やかではなかったからな。ところであの時、君は処女ではなかった。だが男女の関係に慣れているようにも見えなかった。どういうことだ？　私のところに来るために先に誰かと」

彼の声と表情にちらりと嫉妬のようなものが垣間見えたのは、私の願望だろうか。

「あの……ですね」

私が彼の前に行くためにやったことを話すと、彼は絶句し、私を抱き寄せた。

「張り型で……なんて無茶を」

心なしか震えている。

「あなただけよ。私はあなたしか知らない。あなたが全部、私に教えてくれたの」

「君から積極的に色々と仕掛けてきた時もあったと思うが」

耳元でそっと囁《ささや》かれてぞくりとする。

妊娠のせいか最近胸が敏感になりつつあり、先端がむず痒い。

「それは……一応娼婦だと偽っていたから……色々と勉強したのよ……あそこを咥えるとか……嘘だと思ったけど……でもね、すべてあなたの一部だと思ったら、何の抵抗もなかったわ。あなたが、私に感じてくれているとわかったら……止められなかった」

恥ずかしそうに告白すると、アレスティスが素敵だったよと囁《ささや》いた。

「最初の夜で終わらせようと思ったのに、気付けば明日もと言っていた。ひと晩がふた晩になり、かなり強引なこともした。それで距離を置こうとした。私に見限られたと勘違いして泣く君を見て、疑惑がさらに深まった。それとともにこれが本当に君ならと思うと……もう手放せなくなった。何度メリルリースと、君の名前を呼びそうになったか」

夢中で抱き合った日々が甦る。抱き締められ、体温を感じているのでなおさらだ。

「君を呼んで抱かなかったあの夜、眠りに落ちた君の寝室を訪ねた。どうしても確認しなくてはと……君は服を着たまま窮屈そうに眠っていて、緩めると吐息を漏らして私の名を寝言で呟いた。アチスと」

アチス……四歳の舌足らずの私はアレスティスをそう呼んでいた。そんな寝言を……

「髪を撫でて眠っている君に、メリルリースと呼び掛けたら、夢を見たのか笑っていた。小さい頃そのままに無邪気で眩しい笑顔で、なあに、と言って」

あの日、初めて彼に会った頃の夢を見ていたような記憶がある。衣服が緩められていたのも、アレスティスだったのだ。

「君がメリルリースだと再確認したのは、ルードヴィヒが訊ねてきた時だ。彼の表向きの用は自分の結婚とマリールイザの妊娠についての報告だったが、その時、ルードヴィヒに訊ねた。知り合いにクロエという女性がいないかと」

兄は私が偽名を使っているとわかっていた。だがクロエと名乗っていたとは知らなかったはずだ。

「マリールイザの乳母の娘がそんな名前だったと、ルードヴィヒが言って繋がった。君がメリルリースだと。しかし、なぜ君が名前を偽り、娼婦の振りをして私のところに来たのか……犠牲を払ってまで、なぜこんなことをするのかはわからなかったよ。君が私に好意を持ってくれていたのは気付いていた。気付いていながら思春期独特の熱だと、そこから逃げたのは私だ。なのに君が、私のところに飛び込んで来れば拒絶することもできず……君に溺れてしまった。そして君があくまで娼婦の仮面を被るなら、それに付き合おうと決心した」

彼は私の気持ちにとっくに気付いていた。彼も私のことを妹ではなく、一人の女性として意識してくれていたのだ。なのに、彼は一度私から離れていき、イアナと結婚した。

「でも、あなたはイアナを理想の妻だと、そう言ったわ」

結婚式の日に彼が言った言葉は一言一句覚えている。それを聞いて私がどんなに傷付いたか。

「イアナが私をはめたことは計算外だったが、あの日それほどの量を呑んでもいなかったのに、早くに意識を失ってイアナに介抱されて……君の夢を見た覚えがある。なぜ君とイアナを間違えたのか……とにかくその時のことが原因で、彼女との結婚が決まった」

イアナはアレスティスに好意を寄せていたと思っていたが、実はそうでなかった。そのことはこの前ジャン・ベナートから聞いた。

きっとその時、アレスティスに何か細工をしたのだろう。

「君はまだ十五歳になるかならないかで、私が魔獣討伐に行くことは早くから決まっていた。爵位を継がない貴族としての義務だったから。しかし、いつ帰れるか、生きて帰れるかの保証もない」

彼の苦悩が伝わってくる。そんな状況下で、彼が選んだ道は正解だったのか。

「イアナなら私がいない間、私を待ち続けることはない。もし何かあったとしても、さっさと切り替えて自分の好きなように生きていくだろうと確信があった。それほど私を愛していないこともわかっていた。もし生きて帰れたら、それからのことはまた話し合えばいい」

二人の結婚がそんなことになっていたなんて。ずっとアレスティスはイアナを恋い慕っていると思っていた。

「だが、君は違う。君はきっと私がいない間もひたすら想い続けて、もし、私が死んでもずっと未亡人として残りの人生を過ごすだろう。そんな犠牲を君に強いることはしたくなかった」

確かに私ならそうしただろう。彼の無事を祈り待ち続け、彼が死んだら彼との思い出を胸に未亡人として生きていったことだろう。場合によっては後を追っていたかもしれない。

「いっそのことその気持ちを打ち砕き、新しい恋を探して別の誰かとの未来を考えてもらいたかった。でも結婚式で付添人として着飾った君に、これからますます美しくなる片鱗を見ると、惜しくなる自分の気持ちに愕然《がくぜん》とした。君という花の蕾《つぼみ》が、花開くさまを側で見ることも、それを満開にさせることも私にはできない」

その時の気持ちを思い起こしているのか、苦しそうに話す。彼は私が彼を想い続けて人生を過ごすことを心配していた。それで私を思い切らせるために、あんなことを言ったのだ。

確かに私はあの時、一度は彼を諦め、思いを断ち切ろうとした。それでも思いは完全に封印することも消すこともできなかった。

「イアナは私をはめたかもしれないが、私も彼女を利用した。怪我はしたものの、生きて帰った私が彼女は死んだと聞かされた時、彼女の人生をも狂わせてしまったと思った。私にできるのは彼女の死を悼むことだけだと思った」

イアナが生きていたなら、二人で話し合うこともできただろう。

でも、イアナは死に、生きて帰って来たアレスティスは後悔に苛《さいな》まれた。

「しばらく領地で誰にも会わず生きていこうと決めた。しかし私も健康な男だ。時には人の肌が恋しくなる。一度諦めた人生だったが、君が……君がまだ私を思っていてくれたら……私には闇しかなかった。そんな私が自分とともに過ごしてほしいとは、とても言えなかった」

夕陽が差し込む部屋で額に、目蓋に、頬に、彼は私の顔中にキスの雨を降らせた。

「君がどれほどの覚悟で私の前に現れたか……でももし君が、闇の中でしかいられないとわかっても私とともにと望んでくれるなら……結局、君の勇気と決断がなければ何もできなかった。君が行動を起こしてくれなければ、私は……こんな情けない男だ」

私は黙って首をふる。

「情けなくなんてないわ……アレスティスはいつだって私の特別な人よ」

「私が君を妹のようにしか思っておらず、いまだにイアナに心があると勘違いしている。もしかしたら、いつかこの関係に突然終止符を打ってどこかに消えてしまおうとしているのではと……肌を重ねているうちに気が付いた」

「だから妊娠させた？　でも、私は薬を」

「君が薬を呑んでいたのは知っていた。だから最後の一週間、わざと君が気を失うまで抱いて、気を失っている間に、中身をこっそり似た薬とすり替えた」

それを聞いて目を見張った。信じて呑んでいた薬はまったくの別物だった。

「君が呑んでいたのは避妊薬ではなく、女性を妊娠しやすくする薬だ。君の姉上に教えたものと同じものだよ。本当はもっと早く君に会うはずだったが、家に戻ると治療のことを聞かされ、そのまま治療を受けることになった。再会は遅くなったが、私の目論見は成功したわけだ」

そう言って彼はまだ膨らんでいない下腹部を撫でる。

「治療が終わって両親が止めるのも聞かず、急いで領地に戻ったら、やはり君はいなかった。手紙を書くと言いながら、すぐに治療が始まって何もできなかったから、不実な男と見限られたかと焦ったよ」

「ごめんなさい」

「責めているんじゃない。治療中も君に会いたいと泣き言ばかり書いてしまいそうで、何も書けなかった。アーチーも、後日訪ねるともう誰もいなかったと言うし……そんな中、領地の司祭が私の名前で寄付があったと礼を言ってきた。私が渡したお金を全部寄付したんだね。すべての痕跡を消して君が消えて……ここに戻っていなかったらどうしようかと思った」

彼は恭《うやうや》しく私の手を取り、椅子から立ち上がって目の前に跪《ひざまず》くと上着のポケットから小さな箱を取り出した。

「メリルリース・サリヴァン。あなたを愛しています。そして生まれてくる子とともに、これからも私と生きてほしい」

美しいイエローダイヤの指輪が紺の台座の上で光り輝いている。

「君には心も体も癒された。君がいなければここまで立ち直れなかった。討伐先でもその後も……君が歌ってくれた鎮魂歌《レクイエム》は私をあの頃の悪夢から解放してくれた。その心と体で……もう君を手放すことはできない。君がいたから、今度こそ手に入れようと心に誓って辛い治療も耐えた。どうか残りの人生を、君と子どものために使わせてくれ」

「私……まだ謝らなければいけないことが……」

それを手に取りかけて躊躇《ためら》う。

彼の表情がにわかに曇ったが、彼は覚悟を決めたらしく、口元を引き締めた。

「他にも何か？　何でも言ってほしい」

「私……イアナに嫉妬していました。あなたが彼女を好きだと信じていたし、なのに彼女は他の男性と遊び歩いていた……そんな時偶然手にした彼女へのあなたの手紙を棄ててしまったの」

「手紙？」

「イアナが亡くなる少し前だった。私には届かないのに、イアナは当然のように受け取ることができる。悔しかった……」

「その手紙の中身は読んだ？」

その問いに首を振る。

「読んでいたら、こんな複雑なことにはならなかったかも……そろそろ討伐も先が見えてきた頃で、あの手紙には『やはりこの結婚は間違っていた。私はメリルリースを愛している。離婚の条件はイアナの希望をできるだけ考慮するから、離婚の手続きを始めてほしい』と書いたんだ」

「そんなことが……」

「結果的にイアナが亡くなったことで私たちの婚姻は終わったが、実際には最初から破綻していた。

私は初夜に彼女を抱かなかった。正確には抱けなかったんだ。イアナには不能と罵《ののし》られたよ」

「え……」

信じられなかった。だって彼はひと晩に何度も復活し、私を貫いた。今より若かった彼ができなかったなんてことがあるだろうか。

「もう私は君しか抱けない。君でなければ私は一生誰もいらない。不能になったとしても、君が抱けないなら、それでいいと思った。実際、討伐先での息抜きに行った娼館でも同じだったから。彼女たちはお金さえ払えば罵《ののし》りはしなかったし、色々と試してくれた」

そう言ってアレスティスは自嘲する。男性にとってかなり辛いことだっただろう。

「なのに君のことを想像するだけで、簡単に勃ち上がった。これは君を悲しませた罰だと思った。手紙を棄てたことなど……私が君を思い切ろうとして、君にした仕打ちに比べれば何でもない」

「私も……あなただけでいい。あなたとこの子がいてくれるなら」

「この子だけか？　私は君との子なら何人でも構わない。返事は『はい』でいいのか」

「もちろん、アレスティス……私をあなたのお嫁さんにしてください」

私は彼の手から指輪の台座を受け取る。左手を取られてその薬指にはめてもらい、二人で部屋が闇に包まれるまで口づけを交わした。

部屋に闇が訪れると、私は彼の右目を覆う眼帯に手を触れた。

「ここは治らなかったのですか？」

「こちらの方が重症だったから。もう少し治療を続ければ治ったかもしれないが、私が望んで打ち切った。これ以上、君を待たせるわけにいかない。うかうかしていたら、君はどこかに消えてしまうか、誰か他の男に奪われるかもしれない。もし妊娠していれば、思い止まって待っていてくれるかもしれないが……それに……」

眼帯をずらして右目を見せる。暗闇の中に光る瞳が現れ、その妖艶さにぞくりとした。

「片目で昼間は生活できるし、君がいいと言ってくれたこの目を、失いたくなかった」

「本当は……この輝きが失われるのを少し残念に思っていたの。でもこの瞳を持ち続けるということは、ずっとあのままで……矛盾していたわ」

「この瞳を見ることができるのは、君だけだ」

「そろそろいいかい？」

遠慮がちに声をかける声が聞こえて、そちらを見ると兄が扉の前に立っていた。

「お兄様」

「ルードヴィヒ」

「夕食の用意がそろそろ整う。アレスティスも食べて行くだろう？」

「ああ、もちろんだ。子爵には先ほど声をかけてもらった。メリルリースが私の気持ちを受け入れてくれたら、という条件付きだったが」

「父様とお話しなさったの？」

私の知らぬうちにアレスティスと父様が話し合いの場を設けていたことに驚いた。

よく考えたらあとで来ると言っていた母様も来ない。

アレスティスが来ることを、私以外の家族はみんな知っていたみたいだ。

「今日ここに伺うことは事前にお父上に申し出てあった。先にこの度のことについて私の気持ちをご両親に伝えたかったから」

「父上とアレスティスが話す間、母上に君を連れ出してもらったんだ。君にはあとでゆっくり互いのことを話す時間をあげるつもりで。話は済んだ？」

「ああ……彼女に結婚を申し込んで受け入れてもらった。ルードヴィヒも色々とありがとう」

「役に立ててよかった」

「そういえばお兄様……私の絵を彼に送ったの？　どうして？」

アレスティスが大事にしてきた私の絵……なぜ兄はアレスティスに送ったのだろう。

「僕たちの妹がこんなに綺麗になったよと自慢したかった。イアナとの結婚がアレスティスを幸せにすると思えなかったし、アレスティスが見捨てようとしたものがどれほど価値あるものか、教えてあげようと思ってね」

「とんだ策士だな。まんまと罠にはまった」

「ドリスとの会話もわざとメリルリースに聞かせた。それで君がどう動くかと思って……あそこまでするとは思わなかったけど」

「妹に娼婦のようなことをさせる兄がどこにいる」

「別に互いに好きあっている男女が自分たちの責任でやったことだ。本当に体を売ったわけではないのだから、構わないいんじゃないか」

「お兄様……ありがとう。お兄様がいなかったら、私はいつまでもアレスティスに思いを伝えられなかったと思うわ」

「可愛い妹と親友のためだ。これで僕はアレスティスの義兄になるわけだ。お兄様、兄上……何て呼んでもらおうか。今から楽しみだ。君が家族になるなんて」

「それは……考えさせられるな。ルードヴィヒ義兄上《あにうえ》……私も君と家族になれて嬉しいよ。君のご両親も大好きだから」

「さあ、もうすぐ夕飯だ。食堂で待ってるから早くおいで、義弟《おとうと》よ。新しい家族ができたことを祝おう。とっておきのシャンパンを買ってきたんだ」

兄は楽しそうに客間から退散した。

「私たちって、お兄様にいいように踊らされたみたい」

「そうだな……これからことあるごとに恩に着せられるかも。食堂に行こうか。照れ臭いが皆に報告しないと……君の体調が落ちついてから、できるだけ早いうちに式を挙げようと思うがどうだろうか」

世間的にもそれがいいと思ったが、式が先延ばしになるよりも、それまでアレスティスと一緒に暮らせないのかと残念に思った。

「式を終えないと一緒に暮らせないの？」

「いいや、結婚の許可はすぐに貰う。実は治療が無事に終わったら、将軍に復帰しないかと打診されていた。だが、それは断った。片目では軍職にはふさわしくない」

「それではどうされるのですか？」

「魔獣討伐の間に色々な国の人間と交流して、結構人脈ができた。簡単だが、色々な国の言葉も日常会話くらいはできる。それが認められて親善大使を仰せつかった。しばらくはこの国にいてこちらに来る外国からの要人を接待することになるが、妻帯者である方が信用があるし、書類上の手続きだけは先に済ませようと思う」

「そこまで色々と……」

ほんの短期間に、色々なことを手配している手際の良さに驚いた。

「もちろん先に二人の住む場所を探すのが先決だが、子どものこともある。出産までは我が家の首都の邸にある離れで暮らさないか？　一日でも早く君と暮らしたい」

「あなたとならどこでも構わないわ。この子とあなたがいれば、私はそれで……あなたのご両親ともずいぶん長い間お会いしていないわ。でも私のことを受け入れてくれる？」

結婚より先に子どもができたことを彼の両親がどう思うか……

「両親にも兄にも君とのことは話してある。君が私の申し出を受けてくれて、子爵夫妻が許してくれなければ戻ってくるなと言われた」

「そこまでして、私が拒んだらどうするつもりだったの？」

「すがりついてでも、承諾してもらうまで通うつもりだった。どれほどみっともなくても、だ」

アレスティスが私にすがりついて？　その姿を想像して思わず笑ってしまった。

食堂まで私たちはどちらともなく手を繋いで歩いて行った。

扉の前で一度立ち止まり、互いに顔を見合わすと、繋いだ手を持ち上げてアレスティスが私の手の甲にキスをする。

緑色の瞳が眩しそうに細められ、思いが痛いほど伝わってくる。

あまりに幸せで、胸が締め付けられて呼吸困難になりかけた。

「愛しているよ、メリルリース」

彼の言葉が呼吸を忘れた私に命を与えたのがわかった。

まだ妊娠の実感のない私のお腹。

でも確かにそこにいる私たちの子どもにも、確実にこの満ち足りた思いが伝わったろう。

「私も……この命の続く限り、あなたを愛します」

そう言うとアレスティスの瞳が見開かれ、悔しそうな顔をした。

「アレスティス?」

何か気に障ったかと不安になって訊ねる。

「君は……どうして私が欲しいと思っている言葉をかけてくれるんだ? 私だって、残りの人生のすべてを君と私たちの子どもたちのために捧げようと思っているのに」

「そんな……私は……」

アレスティスが私を引き寄せ、ぎゅっと抱き締める。

「コホン」

いつの間にか後ろにドリスが立っていて、いつまでも扉の前で立ち尽くす私たちに、気まずそうに声をかけた。

「皆様お待ちかねです。続きは後ほど」

二人でもう一度顔を見合せ、微笑み合う。

食堂に行くと、両親とお兄様が席について待っていてくれた。

「聞こえていたぞ。まったく……親の聞こえる場所で……聞いているこっちが恥ずかしくなる」

「もうお腹いっぱいよ」

父様と母様が顔を赤らめ軽口を言うので、いたたまれなくなり兄を見ると、呆れ顔で笑っている。

「本日は私のために時間を割いていただき、ありがとうございました。改めて……お嬢様を私にいただけますか？　もう二度と、この命と両親に誓ってお嬢様を泣かせることはしません。生まれてくる子どもとともに必ず幸せにします」

直角に腰を曲げてアレスティスが頭を下げた。

「アレスティス……」

私は隣で、まだ夢を見ているのではないかと思いながら、家族とアレスティスを見つめた。

「まあ、……今さら……許さないと言っても、娘は君以外の誰とも結婚する気はないだろう。君のこともいい青年だとわかっている。この子が君がいいと言うなら、私たちに異論はない」

「メリルリースと生まれてくる子どもを幸せにしてあげてね」

「今度こそ、アレスティスも幸せになれ」

父様と母様、兄の三人で順番に声をかけてくれ、アレスティスは頭を上げて力強く何度も頷いた。

「約束します。必ず……二人で……三人で幸せになります」

「メリルリース……マリールイザからも伝言。二人でいつでも遊びにきてねって。子どもが生まれたら、一緒に遊ばせましょう」

アレスティスが来ることを父様も母様も知っていたなら、姉のマリールイザも知っていたと考えるのが妥当だろう。

知らなかったのは自分だけ。

母様から聞かされた姉の言葉を聞いて私は感極まり、号泣してその場に座り込んだ。

「「「メリルリース！」」」

両親も兄も驚いて立ち上がり、一番側にいたアレスティスが支えるように腰を掴んだ。

「どうした？」

涙でぐしゃぐしゃになった私の頬に手を添えて、上向かせる。

心配して訊ねるアレスティスの二の腕に手を添えて、ぶんぶんと首を横に振る。

「体が辛いのか？」

「……がう……ヒック……ちが……違う」

アレスティスの腕にすがりつき、胸に顔を埋めて泣き続けた。

四人は互いに顔を見合せながら、私の次の言葉を待ってくれているのがわかった。

「わたし……ヒック……こんな風に……ヒック……みんなに……祝福……してもらえる……ヒック……とは……思わなくて……」

やっと話せるようになったのは、ひとしきり泣いてからだった。

泣き崩れている間にアレスティスが私を抱き上げ、椅子に座ったアレスティスの膝の上に横向きに抱き抱えられた。

父様も母様もアレスティスの腕の中で、彼に背中を擦ってもらっている私をただ見守っていた。

「私たちの末娘は、私たちから巣立って行くのだな」

父様の寂しそうな声が耳に入った。

サリヴァン家の末っ娘は、慈しみ育ててくれた両親の手から離れ、愛する男性《ひと》の手を取り、その腕に包まれる道を歩き出したのだ。

「その代わりに、もう一人息子と娘ができて、孫もできます。おじいちゃん、おばあちゃんになるんです。減るのではなく、家族が増えるんですよ」

少し寂しげに二人を見守る両親の間に立って、兄が彼らの肩に手を置いた。

「メリルリース……ご両親が心配しているよ」

自分の服の袖で頬を伝う涙を拭って、優しくアレスティスが囁《ささや》いた。

「ごめんなさい……」

小さい子どものように泣き腫らしたことを恥ずかしく思って謝ったが、誰もそのことに腹を立てていない。ただ、涙の訳を心配している。

「私……私がしたことは……とても誉められたものじゃないことはわかっています。人にはとても言えないことをしたって……後悔はしていません。でも、私を大事に育ててくれた父様や母様には悪いことをしたと思っています」

何を告白しようとしているのか、誉められたことではないというのはどういうことか。

アレスティスとルードヴィヒは察したが、両親は何を言おうとしているのかわからないといった顔をしている。

「メリルリース……それは私から言わせてくれ。君が私のために犠牲を払ってくれた。ご両親に謝るべきなのは私だ」

アレスティスが私の告白を引き継いでくれた。

「サリヴァン卿、夫人。もうご承知だと思いますが、メリルリースのお腹にいる子の父親は私です」

言って私のまだ膨らんでいないお腹に手を触れる。

「子ができたということは、私と彼女はすでに寝所をともにしたということで、それは否定しようもありません し、彼女への気持ちに嘘偽りもありません。先ほども申し上げたように、彼女と生まれてくる子に対し、惜しみない愛情を捧げることを誓います」

「それは私たちも理解している。さっきも聞いた。君がどれほど娘を思っているかも。私も十歳の頃から息子とともに君の成長を見守ってきた。君がどういう人間かも知っているつもりだ。悔しいが、実の息子より優秀だ」

父様の言葉に兄が口を尖らせた。

「先に子どもができたことも、そういう関係になったことも初めは受け入れ難かったが、生まれてくる子に罪はない。順番が違ったとしても、二人の気持ちが固いなら、私たちは喜んで娘を送り出す。反対して、可愛い娘に一生恨まれるのは辛いからな」

父様が言い、母様も頷く。

「彼女が私の引きこもる領地の邸を訪れ、それを私の家の執事とこちらの執事のドリス、クロエさんが協力したことはご存じだと思います」

「それも聞いた。娘が率先して計画したことも。確かにやり方は誉められたことではないが、それを今さら言っても仕方がない。娘がこれほど大胆なことをするとはにわかに信じがたいが、二人が結ばれることは運命だったのだろう」

二人はただ、私がアレスティスの元へ飛び込んだと思っている。

母様には私が彼を騙したとは言ったが、具体的にどうしたかは話していない。

すでに妊娠している事実から、私たちがどこまでの関係だったかは一目瞭然だ。

結婚前の若い娘が、妊娠するような行為を前提としてアレスティスに会いに行った。両親にとっては、それだけで十分衝撃的だった。

これからアレスティスが話すことが、さらに二人を驚かすことになるのはわかっていた。

「彼女は私の前に娼婦と偽って現れました。誰とわからないように声まで潰して」

「な……」

「なんですって！」

両親が驚きの声を上げたのを聞いて、二人の顔を直視できずに、アレスティスの胸に顔を埋めた。

アレスティスがそんな私の頭を護るように掻き抱いた。

「どうか彼女を叱らないでください。すべての責任は私にあります。彼女がやったことは何もかも私を思ってのこと。そこまで彼女を追い詰めたのは私です。私が世を儚み、引きこもったのを、彼女が身を挺《てい》して引きずり出してくれました。このことは私の両親にも伝えるつもりです。結果、勘当されても私は彼女をずっと支え続けていくと約束します」

「アレスティスが悪いんじゃない。もっと他にも方法があったかもしれないのに、私がそんな方法しか思い付かなくて、だから」

「父上、母上。私からもお願いします。私も半分同罪です」

「ルードヴィヒ……まさか」

「アレスティスに慰めるための女性を探していると、わざとメリルリースの耳に届くようにしたのは私です。ですが、メリルリースはアレスティスの前でそう振る舞っただけで、二人が思い合って結ばれたことに変わりはないんです」

「……お前」

二人は間に立つ息子を見上げ、同時にため息を吐いた。

「……うちの子は……揃いも揃って。メリルリースの気持ちを知っていて、けしかけたのか」

「それで、リーが泣いたのは、そのことを申し訳なく思ったから？」

母様の方が先に立ち直って確認した。

「……本当は、アレスティスを支えたいとか、もう一度表舞台に出て来てほしかったとか、そんな立派な理由ばかりじゃなかった。私はただ側にいたかった。叶わない思いだと知りながら、あのままこの人を失いたくなかった。最後に思い出がほしかった」

「最後？」

私の言葉に両親が顔をしかめる。

「名前も素性も偽ってアレスティスに抱かれて……アレスティスが前を向いて生きてくれたら、それでいいと思っていたの」

「その後はどうするつもりだったんだ？」

父様が、言葉の端から何かを察したらしく、話を遮った。

「メリルリース、答えなさい」

有無を言わさない力強さで父様が問い詰める。

未婚の娘の妊娠を知っても、これほどの怒りは見せなかった。

「リー、正直におっしゃい」

父様のいつにない怒気にその場に緊張が走る。

母様も娘の様子に何かがあることに気付く。

「メリルリース、大丈夫だ。誰も君を本当に責めてはいない。責められるべきは私だ」

アレスティスが強く抱き締め、勇気づけてくれる。

愛する男性《ひと》の腕に護られて、私は安堵して微笑んだ。

「どこか……山奥の修道院にでも行くつもりでした。父様たちにも顔向けできないとわかっていましたから。誰にも言わずにこっそりと」

「!!」

先ほどよりもっとショックを受けた両親を見るのは辛かった。

「だから、こうして祝福してもらえたのが嬉しくて……結局はどこにも行けなくて。ヒルデのお兄様の病気が快方に向かって、彼女がお兄様との結婚を決意して、お姉様が妊娠して……アレスティスを治療に送り出したら、そのままどこかへ行くつもりでした。でも、皆に最後に会いたくなって」

「そんな覚悟で……」

「本が好きで大人しいばかりだと思っていた子が……」

「もう何も我慢する必要はない。どんなわがままだって聞く。これからは嫌と言うほど君を大切にする。何度でも君に愛してると言う」

加減しながら私を抱き締めるアレスティスの瞳から一筋の涙が溢れ落ちた。

眼帯の下からも流れてくる。

「アレスティスが今でも一番好き。私が見つけて選んだ人。でも、家族も大事。この家の父様と母様の子どもに生まれて、姉様と兄様の妹になって……私からはすべてを捨てられなかった。だめね」

今度は私が彼の涙を服の袖で拭う。

アレスティスの涙は何て美しいのだろう。

泣く姿もさまになっている。

そんな人が私を思ってくれていると思うと、狂おしいまでに愛しさが込み上げる。

「だめなものか。当たり前のことだ。だが、もし君がそうしたとしても、私は君を地の果てまでだって追いかけ、探しあてただろう」

「ありがとう……」

アレスティスの言葉が嬉しかった。大陸の端と端にいても、アレスティスが見つけてくれることは疑う余地がない。

「私の愛は重いから覚悟して」

「私の方が重いに決まっている。君ほどの人はどこにもいない」

「そんな覚悟をしてまで、あなたは彼のことをずっと思っていたのね。辛かったでしょう」

「サリヴァン夫人。それもこれも、全部私の不徳の致すところです。お嬢さんが苦しんだ分、これから生涯をかけて償う所存です」

母がイアナとの結婚で私が傷付いたことを言っているのがわかった。

「イアナとのことを今さら言うのはやめよう。亡くなった人のことや過去を掘り起こして何になる。色んなことがあって、今の二人の絆があるんだから、そのことでアレスティスを責められるのはメリルリースだけだ」

「ありがとう、お兄様。イアナのことはもう大丈夫。彼女には申し訳ないけれど、私はアレスティスにとって最後の妻になれるなら、それでいいの。これから先の方が私には大事なの」

私は彼の方を向いて、眼帯に触れた。

「この眼帯の奥にある彼の瞳も、彼の体中にあるすべての傷も、私だけが知っている。私以外は知ることができないの。それがどれだけ特別なことか」

アレスティスが彼の眼帯に触れた私の手を握り、緑の瞳と見つめあう。

「ありがとう……この身は全部君のために」

眼帯に触れた私の手に、アレスティスが顔を動かしてキスをする。

「だから……親の前で二人だけの世界を作るんじゃない。見ているこちらが恥ずかしくなる。それに、国に仕える身でもあるんだから、軽々しく妻だけのようなことを言うものではない」

「父親には、娘のそんな場面はかなり応えるのよ。それくらいにして食事にしましょう」

男親として複雑な心境なのだろう。父様がぼやくのを母様が執りなし、母の一言で晩餐《ばんさん》が始まった。

父様と直角の、母様と対面にアレスティスが座り、私はその隣で、母様の横に座る兄と向かい合わせに座った。

「お嬢様、おめでとうございます」

給仕にあたる使用人たちが口々に祝いの言葉を投げ掛けてくれる。

皆に祝福されて天にも昇る気持ちだった。

世界中の人に私は幸せだと叫びたい。

「そんな程度でいいのか？」

サラダとスープ、そして香ばしく焼いたパンとフルーツという私の食事を見て、分厚い肉を目の前にしたアレスティスが驚く。

「これでも食べられるようになったのよ。前は野菜のスープと果物しか食べられなくて」

「すまない。妊娠は男にも責任があるのに、女性にばかり負担をかける。君がそんなに大変な思いをしていたなんて……妊娠を甘くみていた」

「アレスティスが気に病むことはないわ。こういう体の変化があるから、お腹に子どもがいるんだって実感するの。苦しいけど、辛くはないわ。病気ではないし、あなたと私の血を受け継いだ子がここにいるの。むしろ誇らしいくらい」

「そういうものか……君はすでに母親なんだな。子どもができたと浮かれるだけで、私は何もできないのか」

落ち込むアレスティスの手を握って微笑むと、彼はいくらか気が楽になったようだ。

「私が父親としての実感が湧いたのは子どもが生まれてからだ。母親は、子どもと繋がっているが、男はせいぜい妊娠中の妻を気遣うことしかできない」

「勉強になります」

「一人の人間としてこの世に出てきた我が子を抱いた時、こんなに小さな命を護れるのかと怖くなった。ついこの前生まれたと思っていたら、いつの間にか成長して、誰かとまた家族をつくり、新しい命を生む。そうやって命を繋いできた」

愛されてきたのだと両親の思いを改めて知った。

そんな彼らを動揺させたことを心の底から反省する。

「君も女の子の父親になったら、今の私の気持ちがわかるさ。大切に育ててきた娘をさらう盗賊に見えてくる。自分の血を分けた子なのに、自分より深く関わる男ができて、手を取り合うようになるんだ」

「もう、ロイドったら、お酒の呑みすぎではないの？　ごめんなさいね、アレスティス……今日は色々ありすぎたから……心の整理ができるまで大目に見て上げて」

「いいえ、サリヴァン卿の気持ちはわかります。それでも、私とのことを認めていただき、寛大な対応に感謝しております」

「娘の涙は二度と見たくない。私だって君が憎いわけじゃないんだ。私たちは二人のやったことを受け入れるが、先に子ができたことで周囲はとやかく言うだろう。その覚悟はできているんだな」

「あなた、今そんなことを言わなくても」

「いえ、わかっています。色々言う人はいるでしょう。お嬢さんにはできるだけ風が当たらないよう、盾となるつもりです。私たちが愛し合っているのがわかれば、そのうち噂もなくなるでしょう」

「アレスティスだけが矢面に立つ必要はないわ。私だって」

「君は無事に元気な子を生むことだけ考えていればいい。それは君にしかできないことだ」

どんな風評も甘んじて受ける覚悟だったが、アレスティスは譲らなかった。

「君という心の支えができたんだ。私は倒れないよ。毅然《きぜん》とした態度で、わかってほしい人に理解してもらえれば、あとはどうでもいい。夫の威厳を持たせてくれ」

全身全霊をかけて私を護ろうとするアレスティスの決意を見て、私も両親も何も言えなかった。

食事が終わり、アレスティスが帰る時間になった。

玄関先で彼を皆で見送る。

「今夜は私から家族に話しておく。明日の朝、迎えに来るから、体調が良ければ君も両親に会ってほしい」

「ご両親は……私を受け入れてくれるかしら」

「言っただろう？　君に求婚して受け入れてもらえないなら、家の敷居は跨がせないと言われたと。両親も兄夫婦も君が私のもとに嫁ぐのを心待ちにしているよ」

不安がる私を抱き寄せ、頬に軽くキスしてくれる。

ちらりと父様の方を見ると、見て見ぬふりをしている。それを母様と兄が笑って見守っていた。


言った通り次の日の朝早く、アレスティスが再びやって来た。

アレスティスの両親に会うのは初めてではないが、息子の友人の妹という立場と、息子の嫁では意味合いが違う。

母様が付き添うかと訊いてきたが、アレスティスが単身我が家を訪れたのだから、私も一人で行くべきだ。

「大丈夫だ。私は君の父上に殴られる覚悟だったが、君はそんな心配はいらない」

ギレンギース邸へと向かう馬車で、少しでも体に負担がないようにと、私はアレスティスの膝の上に座っていた。

こうして彼の体の温もりに包まれていると、とても安心する。

「ギレンギース家の領地であなたと別れて、二度と会わないだろうと覚悟していたのが嘘みたい。側にあなたがいるだけで、こんなに気持ちが落ちつくの。どうしてあなたなしで生きていけると思ったのかしら」

まるで空気のように、彼がいないと窒息してしまいそう。

「それは私の台詞だ」

馬車の中では人目を気にせず、思う存分彼と口づけを交わした。

何度も何度も角度を変えて。熱い舌を絡み付かせ、口元から溢れる唾液を互いに舐めあう。

馬車がギレンギース邸の敷地に入った頃には、二人ではあはあと荒い呼吸を沈めた。

「これでは、両親に何をしていたか、すぐにばれてしまうな」

落ちた後れ毛を掬《すく》いながら、私を見てアレスティスが苦笑する。

結婚の報告に花婿の家族に会いに来たのに、これではしたないと思われても仕方ない。

「気分が悪くなったと言って、しばらく部屋で休もうか？」

「だめよ。せっかく私のために待ってくれているのに……」

「心配しなくても、怒るなら私に対してだろう。よそ様の大事なお嬢様に何をしているんだとね。君のことを悪くは言わせない」

「怒られるなら、私も一緒よ。これは私にも責任があるから……私だって、喜んで受け入れたの」

馬車が止まり、先に降りたアレスティスに手を引かれて馬車を降りると、玄関ポーチにアレスティスの両親とお兄様夫婦が待っていてくれた。

「ようこそ、久しぶりだね。メリルリース」

「いらっしゃい。お待ちしていたわ」

ギレンギース侯爵夫妻がまず声をかけてくれた。

「私の可愛い義理の妹に会えて嬉しいよ」

「私のことは、マリールイザさんと同じように姉と慕ってね」

アレスティスのお兄様であるヒューバートさんとその奥様のユーリさんは同じ歳だった。早くに結婚していて、結婚後すぐに子どもが生まれている。その子はもう寄宿学校に通っているので、ここにいない。

「メリルリースです。お招きいただき、ありがとうございます」

カーテシーで挨拶すると、四人は優しく頷いてくれた。

「さあ、まだここは寒い。大事な体なんだから、中に入って」

緊張した最初の挨拶を終えると、侯爵夫妻に招かれてアレスティスと二人で玄関の扉を潜った。

「客間にと思ったが、家族になるんだ。家族のサロンに案内しよう」

「その前に、アレスティス、ちょっとメリルリースを借りていいかしら。ユーリ、あなたもついてきて。しばらく男同士で話をしていてくださいませ」

玄関ホールに入ると、アレスティスの母様のオクタヴィア夫人が私の手を引っ張り、アレスティスの側から離した。

「母上？」

怪訝《けげん》そうな顔をしたアレスティスがそれを止めようと手を伸ばしたが、その手をユーリさんが掴んで止めた。

「女同士の会話に男は入ってこないで」

「しかし……」

私をさらわれると思っていなかったアレスティスは、母と義理の姉に何をされるのかと心配している。

「心配しないで、何もしません。少し身支度を整えるだけです。まったく、馬車で何をしていたのか、我が息子ながら節操がありませんね」

密かに耳打ちする夫人の言葉を聞いて、一目でばれたことに二人でばつの悪い顔をした。

「それは……」

「わかったら素直に言うことをききなさい。メリルリース、ユーリ、行きますよ」

「はい、お義母様、さあ、メリルリース、行きましょう。お義父様、あなた、アレスティスをよろしくね」

私は夫人に手を引かれ、ユーリさんに背中を押されて化粧室へと連れ込まれた。

「面目次第もございません。恥ずかしいです」

化粧室にある鏡の前に座らされて、鏡に映る自分の姿を見て項垂れた。

唇は口紅が剥げて腫れぼったくなり、顔の回りの髪は所々解《ほつ》れ、首筋には落ちた髪が張り付いている。

「二人が思いあっている証拠ですから、何も言いません。アレスティスには後でこってり説教しますから、あなたは気にしないで」

「むしろ、そうでなければアレスティスを見損なうところです」

「そうよ。あなたがしてくれたことに対して感謝しかありません。おおよそのことはアーチーやあの子から聞いています。あなたがいなかったら、私たちは今もずっと領地で引きこもったままのアレスティスを心配するしかできなかった」

「努力したのはアレスティス自身です。暗闇の中で、彼はずっと鍛練は続けていました。酒浸りになってもおかしくないのに、そんなことはせず、自分の可能性を信じて頑張っていました。私はその背中を押しただけです」

「この子は私たちを喜ばせることを言ってくれるわ。自分の息子がただの弱虫でなかったと知って、母として誇らしいわ。しかもこんな可愛いお嫁さんを連れてきてくれて」

私の解《ほつ》れた髪を一度ほどき、夫人がブラシを通してくれる。

「艶があって綺麗な髪ね」

「ありがとうございます。夫人の黒髪も素敵です」

「夫人なんて……お母様と呼んで」

「はい……えっと……お母様」

たどたどしくそう言うと、鏡越しの夫人の顔が満面の笑みを湛えた。

「さあ、これでいいわ。アレスティスがやきもきしているでしょうから、早く行きましょう」

髪をもう一度結い上げ、化粧も直してもらって、三人で家族用サロンに行った。

「お待たせ」

私たちが入ってくるや、アレスティスが飛ぶように駆け寄ってきて、夫人とユーリさんから私をかっさらうように抱き寄せた。

「何か変なことを言われなかったか？」

「失礼ね。乱れたのを直してあげたのよ」

非難された夫人は憤慨した。

きちんと結い上げられた髪や直った化粧を見て、納得したのかアレスティスは安心したようだ。

「そこで突っ立っていないで、ここに来て座りなさい。お茶も用意したから」

四人で入り口で固まっているのを見かねて、侯爵が皆に声をかけた。

「改めて、ようこそ、メリルリース。それから息子のために色々とありがとう」

侯爵が一人がけの肘掛け椅子に座り、右側の長椅子に夫人とお兄様夫婦。向かいの長椅子にアレスティスと私が座る。

お茶が全員に行き渡ったのを確認して、侯爵が口火を切った。

「……私は何も……」

どこまで私がしたことを聞いているのか、アレスティスの方を見て確認する。

昨日の我が家でのやり取りを考えると、アレスティスの家族にも覚悟が必要になる。

「全部聞いているよ。そのことについては、我が家は君のご両親に対して申し訳ない思いでいっぱいだ。愚息のために大事なお嬢さんに傷をつけてしまった」

侯爵が言い、隣に座るアレスティスの体に緊張が走ったのが伝わった。

ちらりと横目で彼の顔を見ると、眼帯をしていない左目を眠り、神妙な顔つきをしている。

手元に目をやると、膝の上に乗せた拳をぎゅっと握りしめている。

「そんなこと……私が勝手にやったことです。どうかアレスティスを責めないでください。一番辛かったのは彼なんです。彼の痛みや苦しみに比べたら……大したことではありません」

「母親として同じ女として、私があなたの立場だったら、同じことができたかどうか……あなたの勇気には感心するわ」

「いえ私は……ただ夢中で……ご両親から見れば、決して誉められることではありません」

いまさらながら、アレスティスの家族に自分が何をしたか知られているかと思うと、恥ずかしくて穴があったら入りたい気持ちになる。

「それでも、我が子のために我が身を犠牲にしてくれたことに、親としては感謝しかない」

「私など……命をかけたわけではありません。そこまで感謝されては……私にも打算があったことです。犠牲などとは思っていません。あの……もうそのことは……偉業を成し遂げたように言われてはいたたまれなくなります」

「そうね。好きな人のためにしたことを、国を救った英雄のように言うのは間違っているわね」

縮こまる私を見かねて、夫人がこの話はおしまいと打ち切った。

どちらの家も女性が強いなと思った。

「これからのことを話しましょう。アレスティスから、式はもう少し体調が落ちついてからと聞いたけれど」

「子どもをつくっておきながら勝手ですが、しばらくは華やかなことは控えた方がいいかと。イアナのこともありますから」

イアナの名前が出て、四人が気まずい顔をする。

「私、あの人のことあまり好きではなかったわ」

「ユーリ！」

ユーリさんの発言をヒューバートさんが窘《たしな》めた。

アレスティスの家族との対面において、イアナのことは避けては通れない。

イアナはあまり女性とは親しい方ではなかった。彼女と仲がよいと思っていた人は、性格などがイアナに似ていて、実際は利害が一致してつき合っているだけだった。

「だって、アレスティスが討伐でいない間、我が家で一緒に住まないかと、お義母様が提案されたのに、いつまでも実家にいて。ここにも数えるほどしか訪ねてこなかったのよ。アレスティスの趣味を疑ったわ。確かに美人だったけど……」

「いえ、好き嫌いは人それぞれです。イアナだけが悪いわけではありません。彼女を妻にしたのは私です。メリルリースにも辛い思いをさせたと自覚しています」

「私もイアナに対してもっと違う接し方があったのではと、悔やんでいます。でも、過去をどうすることもできません。すべてを受け入れ、二人で……三人で幸せになりたいと思っています」

ユーリさんを見つめながら二人で手を握り、固い決意を告げる。

アレスティスが私を思ってくれる。それだけで私は十分だ。

「二人がそう言うなら……私たちはこれ以上彼女については何も言うまい。皆もそれでいいな。二人の幸せだけを見守り、手助けしてやろう」

侯爵の言葉に皆が頷いた。

「それで、しばらく……メリルリースの出産が済むまで、離れに住まわせていただいても構わないでしょうか。私も親善大使の任を拝命したばかりで、長期の赴任は控えるつもりですが、短期で留守にすることもあるかと思います。どこかに居を構えても、彼女を独りにしてしまいます。敷地内なら、何かあれば母上や義姉上がいますし、住むところはゆっくりと探したいと思います」

「我が家は歓迎だけど、あなたはそれでいいの？」

「私は……アレスティスと一緒ならどこでも……」

「二人が一緒にいる時はなるべく近寄らないようにするよ」

「兄上……それは……」

さっきのことでからかわれているのがわかり、赤くなる。

「それは言いすぎだが、我が家は歓迎するよ」

「離れに住むにしても、一応内装は整えないと。明日、早速業者を呼んで手を入れましょう。メリルリースの好きな色は何？　出産の準備はサリヴァン家に頼むのかしら？　できれば私もお手伝いしたいわ。ディミトリの時以来だから、忘れてしまったわ」

「マリールイザ……私の姉も今妊娠中ですので、一緒にとは思っていますが、母も娘二人の出産に兄の結婚の準備があって、手が回らないと思います。お力添え賜れれば幸いです」

そう言うと夫人はとても喜んでくれた。

イアナのことは、その日以降ギレンギース家で話題に上ることはなかった。

お茶をいただき、昼食までの間、私はアレスティスと一緒に離れの様子を見に行った。

長年使われていないが、時折風は通していたということで、すぐにも住めそうな感じだった。

「父の妹が結婚してしばらく住んでいたが、今は家族で外国にいる。それ以来誰も住んでいない」

寝室が一つと台所、居間と浴室。寝室の横にもう一つ客間がある。

今は何も置かれていないが、居間から小さな温室も見える。

入り口のすぐ脇に置かれたベンチに腰掛けると、垣根の向こうにギレンギース家の母屋が見えた。

「素敵なご家族ですね」

「自慢の家族だ。もうすぐ君もその一員になる。サリヴァン家の人たちも温かくて私は大好きだ」

「ありがとうございます。私も大好き」

「知っている」

アレスティスの肩に頭を寄せて、二人で空をしばらく黙って見つめていた。

「寒くはないか？　外はまだ冷える」

「アレスティスが温かくて、とても気持ちがいいです」

妊娠がわかってから、よく眠くなる。

今も降り注ぐ日射しと触れたアレスティスの体温が気持ちよくて、瞼が勝手に下がってくる。

「メリルリース……」

「……はい」

「私たちも、いつか子どもたちに、そんな風に言ってもらえる家庭を築こう」

「…………」

アレスティスが何か言っていたが、私は襲い来る睡魔に負けて、いつの間にか眠ってしまった。

目が覚めると、目の前に自分とは違う長い腕が見えた。

部屋は鎧戸《よろいど》が降りていて真っ暗で、何も見えない。

背中に温かい何かが当たり、耳元で規則正しい息づかいが聞こえてくる。

「ん……起きたのか」

身動ぎすると、耳にアレスティスの声が響いた。

寝返りを打つと、顔に息がかかった。間近にアレスティスの気配があり、彼の腕枕で眠っていたらしい。

彼は右目の眼帯を外していて、金色の目が開かれている。

部屋が暗いのはそのせいだった。

完全に暗闇ではなく、直接光が当たらないように天井付近を照らす照明が灯されている。

「私……眠ってしまったの？」

部屋が暗いので、今がまだ昼なのか夜なのかわからない。

「昼食は？」

昼食の支度を待つ間だったことを思い出した。

着ていた服は脱がされ、下着のままシーツにくるまれている。アレスティスも軽くシャツをはだけていた。

「寝苦しいかと思ってドレスは脱がせた。妊娠中は眠くなりやすいそうだな。今日は気疲れしたんだろう。ご飯はいつでも食べられるから、気にしなくていいと父たちも言っていた」

せっかく時間を取ってくれたのに、眠ってしまうなんて。気に病む私をアレスティスが気にしなくていいと慰めてくれる。

「ついでに私も一緒に横にならせてもらっていた。もうすぐこんな風に、毎日君の側で寝られるのかと思うと、今から楽しみだ。待ちきれない」

金色の目が幸せそうに細められる。

もう一方の目は暗闇の中だ。

「ここは？」

暗くてシーツの感触しかわからない。

「私の部屋だ」

「そうなの」

客間でなくアレスティスの部屋にいると聞いて驚いた。

暗くて見えないが、周囲に視線を巡らせる。

ぼんやりと家具の輪郭が浮かび上がっている。

「何か珍しいものでも見えるか？」

暗闇なので、いくら目が馴れてきても見える範囲は限りがある。

アレスティスにはもっとたくさんのものが見えているのだろう。

彼がここで暮らしてきたのだと思うと感慨深い。

「嬉しい」

「何が？」

「アレスティスの部屋に入れてもらえて、アレスティスの使っている寝台で、アレスティスと一緒に寝てる。アレスティスの特別になった気分」

「気分ではなく、特別だ。ここが私の部屋になってから、私以外ここで過ごした人はいない。両親も兄も出入りはしたことはあるが、ここで寝たことはない」

アレスティスの手が伸びて頬に触れる。大きくて温かい手に自分の手を重ね、アレスティスの特別になれたんだと思うと涙がじんわり溢れてきた。

妊娠してから色々な体調の変化があった。

味覚が変わり、睡眠時間が増え、そして涙もろくなった。

アレスティスが目尻に浮かんだ涙に口を寄せる。

「泣き虫なのも、妊娠のせいか？」

「わかりません。でも、心が動くとわあっと気持ちが溢れてきて……そうしたら涙が勝手に」

再び流れ出す涙をアレスティスがぺろりと舐め、閉じた瞼にもキスをする。

「泣かせないと君の父上に誓ったのに、そんなに泣かれると心配だな」

「嬉しくて流す涙は、大目にみてもらうわ」

いつの間にかアレスティスの腕が背中に回り、抱きすくめられていた。

一糸纏《まと》わぬ姿で何度も親密な日々を過ごしたのに、ずっと離れていたからか、布地を通した密着だけでドキドキする。

アレスティスも同じなのか、暗くて顔がよく見えないけれど、脈が速くなっているのが触れあう部分から伝わってくる。

「あとどれくらい我慢しなくてはいけないのかな」

お腹の辺りに彼の昂りを感じる。

「そこはお医者様に聞いてみないと……」

アレスティスの目には、私が今どんな顔をしているのか見えているのだろう。

「でも、それほどお待たせしないと思います」

「そうならいいが、今無理をして子どもに何かあったら大変だ。こうして触れあうだけで我慢するよ」

私の脳裏には数か月前の彼との親密な日々が甦《よみがえ》っていた。

あの頃は毎日、これが最後かもしれないと一瞬一瞬、彼の一挙手一投足を記憶に刻んでいた。

初めての夜から日々を重ね、次第に彼によって開発されていく官能の日々。

「何を考えている？」

沈黙があり、アレスティスが訊ねる。

「多分……アレスティスと同じ……」

「今度は正々堂々、君の名を呼べる。胸の奥でずっと閉じ込めていた君の名を」

名を偽り、私がメリルリースと気付くまで、彼は私のことを思いながら、私を抱いていた。

私だと気付いてからも、気付かぬふりをするために、ずっと心で叫びながら、体を重ねていた。

「楽しみにしています」

本当はすぐにでも愛し合いたい。互いにそう思っている。

あの日、彼を治療のために送り出してから数か月。

ようやく思いが通じ合い、すぐ側にいると言うのに。

「でも、これは前とは違う。これから私たちは家族になるんだ。そして秋にはもう一人増え、この先はずっとずっと一緒だ。君が開いた道だよ、メリルリース。君が私を暗闇から救いだしてくれたから、二人の運命がまた交わり、新しい未来へ広がったんだ」

「私……うう」

アレスティスの言葉に何か言おうと口を開いたが、胸が詰まってまた咽《むせ》び泣いた。

「泣き虫だな。初めて会った時も泣いていた」

笑いながらアレスティスは背中を優しく撫で下ろしてくれた。

「あまり泣きすぎると、生まれてくる子も泣き虫になるぞ」

「だって……今でも信じられなくて……」

私はアレスティスの胸に顔を埋めて、しばらく泣き続けた。


諦めていたアレスティスとの未来。

終わりだと思っていたその先に道が続き、続いていく。

「愛しているよ、メリルリース」

「私も……愛しています」

私たちは何度も愛を囁《ささや》き合った。

エピローグ

すやすやと寝息を立てて眠る息子の顔を眺めていると、後ろからアレスティスが抱き締めてきた。

「テオは眠ったのか？」

黒髪に緑の瞳の男の子、テオドールを九か月前に生んだ。

生まれた我が子を見て、その姿に見覚えがあることに気付いた。アレスティスを首都に見送った日に見た夢を思い出す。きっとあの時この子を身ごもったと確信があった。

「ええ、昼間、リシュリーとお姉様が来て、たくさん遊んだから。今日は子守唄は必要なかったわ」

息子はたまに寝付きが悪くなる。眠いのになかなか眠らずよくグズる。

それでも私が子守唄を歌うと不思議とすぐ寝てしまう。

「残念……もう少し早く帰ってくれば良かった。このままだと息子に顔を覚えてもらえない。歩き出したと聞いているのに、まだそれも見ていない」

姉は私より半年ほど早く、男の子のリシュリーを生んだ。歳も同じなのでよく行き来して一緒に遊んでいる。まだ姉の子は伝い歩きを始めたばかりだが、テオは成長も早く、もう立ち上がって歩き出している。

「じゃあとは乳母に任せて私と過ごしてくれるか？」

「アレスティス……お仕事はもういいの？」

明日からまた外国からの要人が来る。彼はその準備のために忙殺されていて、ずっと帰りが遅かった。息子にも起きているうちに会うことができず、私との時間もほとんどない。

「明日からまた彼らの接待で振り回されるんだ。今日くらいは早く帰らせてくれと無理やり帰って来た。今日はちょうど新月だ。二人でゆっくり過ごそう」

新月の夜は、いつもあの日のように鎧戸《よろいど》を開ける。彼も眼帯を外して過ごす。

元将軍で眼帯の親善大使は、その風貌の特殊さから民衆の注目を浴びた。女性たちの間からその危険な雰囲気が人気となっている。

彼がとびきりの愛妻家であるということも、また女性たちの好評価を得ているようだ。

テオドールを出産して、私たちは身内だけの小さな式を挙げた。本当はもっと早くに挙げるつもりだったが、アレスティスの仕事の都合や花嫁衣裳のことなどで結局時間がかかってしまった。

式にはイアナの両親も参列した。イアナが亡くなり、伯母はすっかりやつれていたが、イアナの弟は最近婚約が決まり、少しずつ明るさを取り戻しつつあった。

結婚式の前の日、伯母が我が家を訪れた。生まれたばかりのテオドールを眩しそうに見つめてから、イアナについて色々と話してくれた。

イアナが亡くなる前に激しい親子ゲンカをして、仲直りする間もなくあの事故が起こった。

喧嘩の原因はイアナの男性関係だった。

夫のアレスティスの留守をいいことに、恋人を次々と作っては別れてを繰り返していることに伯母がようやく気付き、忠告したのだった。

壮絶な親子ゲンカの中で、イアナが投げつけた母親に対する罵詈雑言《ばりぞうごん》は口にするのも憚《はばか》られるものだったようで、話している途中も伯母はふるふると震えていた。母がそんな伯母を優しく労る。

イアナの死後、遺品を整理していて彼女の日記を見つけた伯母は、そこに書かれていた彼女の本当の気持ちを知った。

アレスティスが討伐に参加するために、皆で開いた壮行会の夜、彼が酔っているところにイアナは自分の睡眠導入剤を呑ませた。酒と薬の複合で前後不覚に陥ったアレスティスに、イアナが声をかけると、彼女に抱きつきながら私の名前を呼んだのだった。

イアナは以前からルードヴィヒ同様、彼女を女神だと崇拝しないアレスティスに不満を感じていた。あからさまに誘ってみても、なびかない。だから壮行会の時、彼を前後不覚にして迫った。

イアナは私を不出来な従姉《いとこ》と蔑んでいた。私がアレスティスに恋心を抱いていることを知っていて、彼が他の女性と付き合いがあることも側で見てきた。当然、彼は私などせいぜい妹としか見ておらず、完全に私の片想いだと思っていたのに、実は互いに相思相愛だと知り、嫉妬したということだった。

イアナはすでに純潔ではなかったが、すべてをアレスティスのせいにして結婚を迫った。元より妊娠などしていなかった。

私がアレスティスと結ばれると聞いて、イアナのせいで無駄な時間を浪費したことを伯母は詫びた。しかし、イアナばかりが悪いわけではなく、あのまま何事もなく結ばれるより、今の方がよっぽど強く結ばれているとを伝えると、伯母の目から大粒の涙が溢れた。

彼女にとってはお腹を痛めて産んだ我が子だ。ケンカ別れのまま帰らぬ人となったことをずっと後悔していたという。親となった今だからこそ、子どもに先立たれた伯母の辛さが余計にわかる。

結婚式の後、初夜の床で二人で裸で抱き合いながらその話をした。

「そうか……イアナが……」

「イアナのこと、恨んでいますか？」

真っ暗な寝室の中、私からは彼の表情は見えない。今は彼も目を閉じているのでなおさらだ。

そっと手を触れる彼の胸から伝わる鼓動は穏やかで、聞こえる声も落ちついている。

「もう……過ぎたことだ。薬を盛られる隙が私にもあったのだろう……君には辛い思いをさせた」

自分の胸の上にある私の手に自らの手を重ね、そっと握りしめる。好きな人が他の人と結婚する。それはとても辛いことだった。思春期に差し掛かった少女の一時の憧れなら、それで諦めもついただろうが、何年経っても私の彼への思いは燻《くすぶ》り続け、再び一気に燃え上がった。

「あんな思いは二度としたくありません。好きな人に他の誰かと幸せになってと言われて、私がどれほど傷ついたか」

「わかっている。過去に戻ってやり直せるなら、あの時の自分を殴り付けてやりたい」

「それは大袈裟ですけど……これからもっと愛してください」

枕を立てて体を預けて座る彼に跨がり、光る右目の瞼にそっと口づける。

「わかっている。私の一生をかけて償い、君と……子どもたちを愛する」

背中に腕を回して自分の方に私を引き寄せ、互いの唇を重ねる。

出産後ということもあり、結婚式まではあまり会う機会がなく、本当に久し振りに抱き合った。

私は乳の出がよくて、乳母を手配していたが、自分で授乳もしていた。出産で少し伸びたお腹の皮や色濃くなった乳輪など、出産前と明らかに変わった体が恥ずかしかった。

「私の子を産んでくれた女性の体だ。何を恥ずかしがる。もともと美しかったが、今の君は聖母のように神々しい」

そうやって壊れ物を扱うように私に触れ、力を加えると滲み出る母乳を見て母体の神秘に感動していた。向かい合って胡座《あぐら》をかいた彼の膝に足を広げて跨がる。彼が熱い口に胸の先端を含み、息子よりずっと強い力で吸い上げると、子宮が収縮して体の奥から快感が押し寄せた。彼が母乳を呑み込み、もう片方の乳首から飛び出した母乳が彼の胸に滴《したた》り落ちた。

「君の母乳を呑む息子に嫉妬するとは……これを呑んであの子は大きくなるのだな、羨ましい」

「あ、アレスティス……」

敏感になった先端を舌で突かれ、足の付け根に差し込まれた手が軽く秘所を撫でただけで、私はイってしまった。

「それより、なぜ辺境伯からあんな花束が送られてきた？」

私が落ちつくのを待って、アレスティスが気に入らないと言いたげに見上げる。

「さあ……」

初夜を迎えた侯爵邸の離れの寝室に、辺境伯からの大きな花束が飾られていた。届けられた花を見たアレスティスの嫉妬心が、実は少し嬉しかった。

親善大使として任命を受けた後の夜会で、彼は私について何人かから訊ねられた。彼と兄の仲がいいことを知っている人たちが、週に二度の頻度で夜会に来ていた私の近況を訊ねてきたのだ。それがほとんど私と同世代の独身令息だったので、後で色々と問い詰められた。

アレスティスを諦め、違う相手との未来を考えていたのを知って彼は『危なかった、早く治療に踏ん切りをつけて良かった』と心の底から安堵していた。

辺境伯から「アレスティスに相手にされなかったら、いつでも我が領へ」と言われたことを伝えたら、どう思うだろう。

でも、彼もついこの前婚約したと聞く。辺境伯にも運命の人が現れたことにほっとした。私とは縁がなかったが、彼には幸せになってほしい。


「ねえ、テラスに出てみない？」

一度激しく愛し合ったあと、熱い抱擁に酔いしれながら、私は彼をテラスに誘った。

暗闇に眼帯を外したアレスティスの野獣のような瞳が煌《きら》めき、胸がときめく。

「そうだな。先に行って窓を開けてくる」

彼が寝台を抜け出して裸のまま窓に向かって歩いていく。

暗くて輪郭はわからないが、何度も触れあった彼の体がどんな風なのか、目を瞑っても頭に浮かぶ。

彼の体を埋め尽くす傷のすべてを記憶するかのように唇を這わせたこともある。

首から肩、私とテオを護ってくれる逞しい腕から長く節くれだった指、厚い胸板に腹筋の割れた腹部。広い背中に硬く引き締まったお尻、長く伸びた脚から大きな足。最後にすでに猛々しく勃ち上がった彼の先端に口づけると、それまで一生懸命耐えていた彼が呻いて身悶《みもだ》えた。

そんなことを思い出していると窓から風が入ってくる。

「メリルリース、おいで」

私もまた裸で彼が待つテラスへと向かう。

そこには闇夜に目を光らせて私を見つめる愛しい人が待っていた。

彼が窓の所まで私を迎えに来てくれて、指を絡ませて手を握る。

腰に手を添えてもらってテラスへ躍り出た。

「寒くないか」

「大丈夫」

引き締まった温かい彼の胸に抱き寄せられて、少しも寒さを感じない。

彼の裸の胸に口づけて、お腹にある大きな傷に指を添わせ、背中に腕を回す。

「あなたが側にいれば少しも寒くないわ」

「私もだよ、メリルリース」

アレスティスの手が頬に添えられ、顔を上向きにされる。

少し伸びたアレスティスの黒髪がカーテンのように私の顔の回りを覆い、二人きりの世界に浸る。

食むようなキスが続いてアレスティスから唇を離すと、ぐったりと彼の胸にもたれかかった。

彼の心臓の音がとくとくと少し速くなっているのが聞こえる。

この腕にあり余るほどの幸せを手に入れて、時折不安に感じる。

子育ては毎日が手探りで新しい発見の連続だ。テオは歩き出したとはいえ、頭の方がまだ重いので少し歩いてはよろけて目が離せない。泣き出すと体いっぱい使って泣き喚く。そのうち私では太刀打ちできなくなるだろう。

でもそれも子どもが成長している証だから、喜ぶべきなのだろう。

「何を考えている？」

私の髪を横から持ち上げて、顔を覗き込む。

「テオのこと。もう少ししたら、きっと力では負けてしまうなあと思って」

「まだ九か月だろ？　まだまだ子どもだ」

「侮ってはいけないわ。あの子は手足も大きいし、きっと体も大きくなるわ。あなただって、ヒューバートお兄様といっぱいいたずらしたって言っていたじゃない。自分の息子も同じだと思った方がいいわ」

「そういうものか……」

「そうよ」

「では、早いうちに女性には優しく接するように教えないと。まずは母親を大切にしろとね」

アレスティスが耳から首筋、肩から胸へと再び手を這わせる。大きな手が乳房を包み込み、その中心の乳首を摘まむと、体の奥がきゅうんと疼《うず》いた。

「その点は大丈夫じゃないかしら」

「どうして？」

アレスティスの胸に手を這わせ、厚い胸板を探り当て舌を伝わせながら乳首を噛んだ。

少し尖った先に歯を当てて、吸い上げると頭の上でアレスティスのうめき声が聞こえ、お腹に力が入ったのがわかった。

「父親が母親を大切にしているのを見ていれば、自然に女性に優しくすると思うの。子どもは親のすることをよく見ているわ。子は親を映す鏡だっていうし」

「なら大丈夫だ。でも、ちょっと心配していることはある」

「心配？」

アレスティスが頭を傾けて耳に口を寄せる。

「母親を大事にしすぎて、私と取り合いにならないか」

成長したテオとアレスティスが真剣にやりあっている姿を想像する。

同じ黒髪と緑の瞳。父と息子が私を巡って牽制《けんせい》しあう。

「そうなると素敵ね」

「君はどっちに勝ってほしい？」

愛する夫と血を分けた我が子。どちらも大事な私の男たち。

「それは……その時になってみないとわからないわ。でも、負けそうな方を応援するかも」

「なら、私はいつも負けるとしようか」

「将軍にまでなった人が、小さな子にわざと負けるの？」

「負けて君が慰めてくれるなら、いつでも白旗をあげるさ」

頭を傾け、鎖骨を伝いアレスティスの唇が胸へと降りてくる。

「あ……」

喉を仰け反らせ、感じるままに声を出す。

いずれはテオも親より大事な人ができて、私たちのように恋に胸を焦がし、泣いたり笑ったりするだろう。でも、それはまだまだ先の話だ。

風がさあっと吹いて私たちの肌を撫でていく。

少し肌寒くなってきた外気の中、私たちは最初に出会った時のように熱く抱き合った。

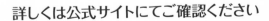

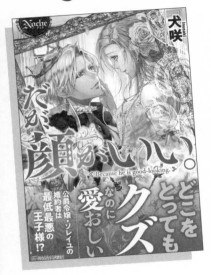

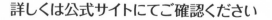

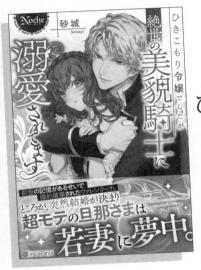

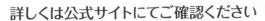

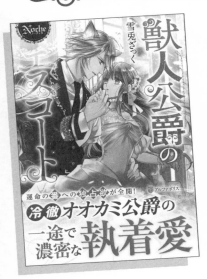

この作品に対する皆様のご意見・ご感想をお待ちしております。
おハガキ・お手紙は以下の宛先にお送りください。

【宛先】
〒150-6008 東京都渋谷区恵比寿 4-20-3 恵比寿ガーデンプレイスタワー 8F
（株）アルファポリス　書籍感想係

メールフォームでのご意見・ご感想は右のＱＲコードから、
あるいは以下のワードで検索をかけてください。

アルファポリス　書籍の感想　検索

ご感想はこちらから

本書は、Web サイト「アルファポリス」（https://www.alphapolis.co.jp/）に掲載されていたものを、改稿、加筆のうえ、書籍化したものです。

令嬢《れいじょう》娼婦《しょうふ》と仮面《かめん》貴族《きぞく》

七夜 かなた（しちや かなた）

2021年 2月 25日初版発行

編集ー桐田千帆・宮田可南子
編集長ー塙綾子
発行者ー梶本雄介
発行所ー株式会社アルファポリス
〒150-6008 東京都渋谷区恵比寿4-20-3 恵比寿ガーデンプレイスタワー8F
TEL 03-6277-1601（営業）　03-6277-1602（編集）
URL https://www.alphapolis.co.jp/
発売元ー株式会社星雲社（共同出版社・流通責任出版社）
〒112-0005 東京都文京区水道1-3-30
TEL 03-3868-3275
装丁イラストー緒笠原くえん
装丁デザインーAFTERGLOW
（レーベルフォーマットデザインーansyyqdesign）
印刷ー図書印刷株式会社

価格はカバーに表示されてあります。
落丁乱丁の場合はアルファポリスまでご連絡ください。
送料は小社負担でお取り替えします。

ISBN978-4-434-28516-5 C0093